若《わか》おかみは小《しょう》学《がく》生《せい》！

スペシャル短編集0

令丈《れいじょう》ヒロ子《こ》／作《さく》　亜沙美《あさみ》／絵《え》

講談社 青い鳥文庫

もくじ

第《だい》一話《わ》 若《わか》おかみは小学生《しょうがくせい》! 秋《あき》の一日《いちにち》――7

第《だい》二話《わ》 若《わか》おかみは小学生《しょうがくせい》・男子《だんし》!?――57
①男《おとこ》の子《こ》だったらよかったのに!――58
②なんで、なにが、どうなってるの?――69
③そういう世界《せかい》なの!?――92
④このまま帰《かえ》れないってこと!?――108
⑤これが、男《おとこ》の子《こ》のときめき?――122

⑥ 会《あ》えてよかった！ —— 140
⑦ 長《なが》くなりそうな一日《いちにち》 —— 157

第《だい》三話《わ》
若《わか》だんなは小学生《しょうがくせい》!? —— 161

① あかねの場合《ばあい》 —— 162
② ウリケンの場合《ばあい》 —— 177
③ 鳥居《とりい》くんと二人《ふたり》の場合《ばあい》 —— 195
④ 縁起《えんぎ》のいい夢《ゆめ》？ —— 211
⑤ おっこはいつもいそがしい —— 223

あとがき —— 234

おもな登場人物《とうじょうじんぶつ》

関《せき》 峰子《みねこ》

おっこの祖母《そぼ》。
「春《はる》の屋《や》」のおかみ。

おっこ(関《せき》 織子《おりこ》)

小《しょう》6。祖母《そぼ》峰子《みねこ》が営《いとな》む
温泉旅館《おんせんりょかん》「春《はる》の屋《や》」で、
若《わか》おかみ修業中《しゅぎょうちゅう》。

秋野《あきの》真月《まつき》

おっこの同級生《どうきゅうせい》。
ライバル旅館《りょかん》の
あととり娘《むすめ》。

ウリ坊《ぼう》

本名《ほんみょう》は、立売《たてうり》 誠《まこと》。「春《はる》の屋《や》」
に住《す》みつくユーレイ少年《しょうねん》。
峰子《みねこ》のおさななじみ。

鈴《すず》鬼《き》
「春《はる》の屋《や》」に住《す》む
魔物《まもの》。
くいしんぼう。
秋《あき》野《の》美《み》陽《よ》
7歳《さい》の少女《しょうじょ》の姿《すがた》の
ユーレイ。
真月《まつき》の姉《あね》。
ウリケン
本名《ほんみょう》は、立売健吾《たてうりけんご》。
東京《とうきょう》に住《す》む、
おっこのカレシ。
神《かん》田《だ》あかね
作家《さっか》の息子《むすこ》で、
「紫野原財閥《しのはらざいばつ》」のあととり。
真月《まつき》のカレシ。
鳥居《とりい》くん
本名《ほんみょう》は、澄川静志郎《すみかわせいしろう》。
おっこの同級生《どうきゅうせい》で、
「梅《うめ》の香《か》神社《じんじゃ》」の息子《むすこ》。

第《だい》一話《わ》

若《わか》おかみは小学生《しょうがくせい》!　秋《あき》の一日《いちにち》

その日《ひ》はあたたかくてお天気《てんき》のいい、土曜日《どようび》だった。

「おっこ」こと関織子《せきおりこ》は、小学校《しょうがっこう》から帰《かえ》ってきて、お昼《ひる》ごはんをおなかいっぱい食《た》べたあと、紺《こん》の着物《きもの》に着《き》がえて「春《はる》の屋旅館《やりょかん》」の表《おもて》をそうじしていた。

おばあちゃんがおかみをしている「春《はる》の屋《や》」の若《わか》おかみとして、毎日《まいにち》がんばっている。

無言《むごん》で竹《たけ》ぼうきを動《うご》かすおっこの様子《ようす》を見《み》て、秋晴《あきば》れの空《そら》に気持《きも》ちよく寝《ね》そべって空中《くうちゅう》にういていたユーレイ少年《しょうねん》、ウリ坊《ぼう》がふしぎがった。

「なんや、おっこ、むずかしい顔《かお》しとるなあ。さっき康《こう》さんが作《つく》った栗《くり》ごはんをおかわりしたうえに、お客《きゃく》さん用《よう》デザートの栗《くり》きんとんアイスクリームを試食《ししょく》させてもろて『康《こう》さん天才《てんさい》、これ最高《さいこう》！　おいしすぎる！』って、めっちゃはしゃいどったのに。」

「本当《ほんとう》、おっこったらどうしたの？　食《た》べすぎておなかでもいたいの？」

ウリ坊《ぼう》といっしょに宙《ちゅう》にういていた、ユーレイ少女《しょうじょ》、美陽《みよ》が長《なが》い髪《かみ》をなびかせて、おっこの顔《かお》の高《たか》さまでふわんと下《お》りてきてた。

「ちがうわよ。こんなにいいお天気《てんき》で、秋《あき》の景色《けしき》もすてきで、もう温泉旅行《おんせんりょこう》にぴったり！の日《ひ》だっていうのに、今日《きょう》はお客様《きゃくさま》の予約《よやく》が少《すく》なくて。」

はあーっと、おっこはためいきをついた。

「秋好旅館《しゅうこうりょかん》には修学旅行《しゅうがくりょこう》のお客様《きゃくさま》が入《はい》って、大《おお》いそがしだっていうのに……。」

「あれ、おっこさん。修学旅行《しゅうがくりょこう》のお客《きゃく》に来《き》てほしいんですか？」

足元《あしもと》から話《はな》しに加《くわ》わってきたのは、魔界《まかい》からやってきた鬼族《おにぞく》の鈴鬼《すずき》。食《く》いしん坊《ぼう》で、今《いま》も厨房《ちゅうぼう》からかすめとってきた、ゆでた栗《くり》を食《た》べながら話《はな》している。

このユーレイ二人《ふたり》と魔物《まもの》の人外《じんがい》三人組《にんぐみ》は、春《はる》の屋旅館《やりょかん》にすみついていて、おっこにしか見《み》えないし話《はな》せない。

「うちは修学旅行生《しゅうがくりょこうせい》に泊《と》まっていただけるほど大《おお》きな旅館《りょかん》じゃないけど、でも大勢《おおぜい》のお客《きゃく》様《さま》でにぎやかなのはうらやましいわ。」

「あら、秋好旅館《しゅうこうりょかん》はがんばったのよ。真月《まつき》のアイデアでいろんな学校《がっこう》に、『修学旅行《しゅうがくりょこう》ご優《ゆう》待《たい》プラン』っていうパンフレットを送《おく》ったり、説明《せつめい》をしに行《い》ったりしたもの。」

「わ、そうだったの！　さすが真月《まつき》さん！　花《はな》の湯温泉一大《ゆおんせんいちおお》きな旅館《りょかん》の次期《じき》オーナーさんだものね。」

「でしょ。あの子《こ》は努力家《どりょくか》で、いつもどうしたらもっとお客様《きゃくさま》に来《き》ていただけるか考《かんが》えてるから。」

美陽《みよ》が、妹《いもうと》である秋野真月《あきのまつき》のことをほこらしげに言《い》った。

「あたしも若《わか》おかみとして、もっとがんばらなきゃ。……って言《い》っても、真月《まつき》さんみたいないいアイデアも出《だ》せないし。あー、旅《たび》のとちゅうで急《きゅう》に温泉《おんせん》に入《はい》りたくなったお客様《きゃくさま》があらわれたりしないかしら。今《いま》ならお部屋《へや》もあいてるのに……。」

「そんなつごうのええお客《きゃく》が、いきなり来《く》るわけないやろ！」

がたがたの前歯《まえば》を見《み》せて、うははっとウリ坊《ぼう》が笑《わら》ったときだった。

「あのう、すいません。この旅館《りょかん》のかたですか？」

後《うし》ろから女《おんな》の子《こ》の声《こえ》がした。

はっとしてふりかえると、大《おお》きなスポーツバッグを肩《かた》からさげた高校生《こうこうせい》ぐらいの女《おんな》の子《こ》が立《た》っていた。スニーカーにジーンズ、ピンクのロゴ入《い》りシャツと、カジュアルなかっこうだが、すらりとスタイルがいい美人《びじん》だ。

「旅《たび》のとちゅうなんやけど、急《きゅう》に温泉《おんせん》に入《はい》りたくなってしもて。あの、お風呂《ふろ》だけ入《はい》らせてもらうことってできますか？」

(わ！　関西《かんさい》からのかたかしら？　本当《ほんとう》にお客様《きゃくさま》がいらっしゃったわ!!)

おっこは、うれしくて飛《と》びあがりそうになるのをがまんして、にっこり笑《わら》った。

「はい。お昼《ひる》の入浴《にゅうよく》をご希望《きぼう》のお客様《きゃくさま》もいらっしゃいますから！　どうぞこちらへ！」

飛《と》びはねるような足《あし》どりで、お客《きゃく》を春《はる》の屋旅館《やりょかん》の玄関《げんかん》に案内《あんない》するおっこを見《み》ながら、ユーレイたちはあきれた。

「おっこったら、はしゃいじゃって！　あーあ、竹《たけ》ぼうきもほっぽったままよ。」

「うーん、美人《びじん》の関西弁《かんさいべん》はええもんやなあ。」

ウリ坊《ぼう》が、目《め》を細《ほそ》めて春《はる》の屋旅館《やりょかん》につーっと飛《と》んでいった。

「もう、ウリ坊《ぼう》まで！」

残《のこ》った美陽《みよ》は空気《くうき》をつかんでくいっとひっぱった。するとおっこが置《お》きっぱなしにした竹《たけ》ぼうきが、すいーっと宙《ちゅう》を移動《いどう》して、玄関《げんかん》のわきにすとんと落《お》ちた。

「美陽《みよ》さんおみごと。いつもながら、おっこさんのあとしまつ、ご苦労様《くろうさま》です。」

鈴鬼《すずき》がおおげさに拍手《はくしゅ》した。

「まあしょうがないわよね。おっこは真月《まつき》みたいにしっかりしてないから、わたしたちが見《み》ててあげなきゃ。」

「まったくですね！　ぼくらが春《はる》の屋旅館《やりょかん》をささえてるようなもんですからね。」

二人《ふたり》は、おおいにうなずきあった。

「北梅田様《きたうめださま》。お昼《ひる》ごはんはもうお召《め》しあがりになりましたか？」

ねこやなぎの間《ま》で、お茶《ちゃ》をいれながらおっこはたずねた。

「もし、まだでいらっしゃいましたら、かんたんなものならご用意《ようい》できますけれど。」

おばあちゃんに、言《い》われたとおりにたずねた。

「あ、お昼《ひる》ごはんはさっき月光定食《げっこうていしょく》っていうのん食《た》べたから、いいです。」

お客様《きゃくさま》……北梅田《きたうめだ》まよいがざぶとんの上《うえ》で、もぞもぞと体《からだ》を動《うご》かしながら言《い》った。どうやら正座《せいざ》が苦手《にがて》なようだ。すぐに足《あし》をくずしている。

「月光定食《げっこうていしょく》ですか。ということは月光《げっこう》の滝《たき》おみやげセンターでお召《め》しあがりになったんですね。月光《げっこう》の滝《たき》はごらんになりましたか？　すごくきれいでしょう？」

「あ、う、うん。まあな。」

まよいは、うつむいた。

「人《ひと》がいっぱいで……しゅ、修学旅行《しゅうがくりょこう》の子《こ》どもがいっぱいで、ゆっくりは見《み》てないんやけど。わあ、このプリンおいしい！」

まよいは、おっこの出《だ》したお茶菓子《ちゃがし》、春《はる》の屋旅館特製《やりょかんとくせい》の露天風呂《ろてんぶろ》プリンをあっという間《ま》にたいらげた。

「よろしければもうひとつお持《も》ちしましょうか？」

「え、いいんですか？　うれしいわあ！」

まよいは、両手《りょうて》をあげて小《ちい》さくばんざいした。

（きれいなおねえさんなのに、なんだか小《ちい》さい子《こ》みたいでかわいいわ。よかった。話《はな》しやすい感《かん》じのかたで。）

おっこはお茶《ちゃ》と露天風呂《ろてんぶろ》プリンのおかわりを厨房《ちゅうぼう》で受《う》けとって、ねこやなぎの間《ま》に引《ひ》きかえそうとしたら、おばあちゃんがろうかで立《た》ったまま首《くび》をかしげていた。

「おばあちゃん、どうしたの？」

「ああ、今《いま》、お名前《なまえ》を書《か》いていただいた北梅田様《きたうめだざま》だけどね。どこかで聞《き》いたことがあるお名前《なまえ》なんだよ。ひょっとして前《まえ》にお泊《と》まりになったかたかしらねえ。」

おばあちゃんはひとりごとのように、そうこたえた。

（めずらしいお名前《なまえ》だし、一度《いちど》聞《き》いたらわすれないわよね。あたしが春《はる》の屋旅館《やりょかん》を手伝《てつだ》う前《まえ》にいらしたお客様《きゃくさま》なのかしら。）

ねこやなぎの間《ま》にもどると、まよいは部屋《へや》に用意《ようい》しておいたゆかたに着《き》がえていた。

しかし、ゆかたを着《き》るのになれていないらしく、えりは反対向《はんたいむ》きに合《あ》わせているし、すそもななめにずれている。帯《おび》はむすび目《め》がゆるくて、今《いま》にもほどけそうだ。

「まあ、そのままだとゆかたがはだけそうです！　お手伝《てつだ》いしますから、着《き》なおしましょう！」

おっこがお盆《ぼん》をつくえに置《お》いて、帯《おび》に手《て》をのばすと、

「なにすんのん、やめてっ！」

まよいが、おっこの手《て》を強《つよ》くはらいのけた。

「あっ。」

おっこはおどろいて、たたみにどしんとしりもちをついた。

「ええの！　わたしはこういう、ゆるーい着方《きかた》が好《す》きやの！　いらんことせんと、ほっといて！」

そう言《い》ってゆかたの前《まえ》をぎゅっと合《あ》わせなおすと、おっこをにらみつけた。

「す、すみません！　たいへん失礼《しつれい》しました。」

おっこはあわててすわりなおし、頭《あたま》を下《さ》げた。

「もうええわ。お風呂《ふろ》入《はい》るし、出《で》ていって！」

おっこがしゅんと肩《かた》を落《お》として歩《ある》いているとウリ坊《ぼう》が、ろうかの天井《てんじょう》近《ちか》くにあぐらをかいたまま、ぽんとすがたをあらわした。

「どないした。なんか失敗《しっぱい》したんか？」

「そうなの。お客様《きゃくさま》のゆかたの着《き》なおしをお手伝《てつだ》いしようとしたら、こういう着方《きかた》が好《す》きだから、ほうっておいてくれって言《い》われちゃった。」

「聞《き》いてたわよ。あんなきつい言《い》い方《かた》しなくてもいいのに！　関西弁《かんさいべん》で大声《おおごえ》でおこられたら、ちょっとこわいわよね。」

美陽《みよ》もウリ坊《ぼう》の肩《かた》につかまってすがたをあらわして、そう言《い》った。

「そうかなあ？　関西弁《かんさいべん》って、そないこわいか？」

「ウリ坊《ぼう》のはこわいと思《おも》ったことないわ。でも、きつい言《い》い方《かた》で関西弁《かんさいべん》でおこられるのってちょっとこわいかな……。」

話《はな》していると、ケータイがぶるぶるっとたもとの中《なか》でふるえた。

「真月《まつき》さんからだわ。なんだろう。」

ケータイを耳《みみ》にあてると同時《どうじ》に、真月《まつき》のせかせかとした早口《はやくち》が聞《き》こえてきた。

「あのね、うちに今日《きょう》宿泊《しゅくはく》予定《よてい》の修学旅行《しゅうがくりょこう》生《せい》が一人《ひとり》、見《み》つからないのよ。」

「ええ？　迷子《まいご》なの？」

「自由行動《じゆうこうどう》の時間《じかん》に一人《ひとり》、どこかに行《い》っちゃったらしいわ。ひょっとして集合場所《しゅうごうばしょ》がわからなくなって、宿泊先《しゅくはくさき》であるうちの旅館《りょかん》に行《い》ってるんじゃないかって、引率《いんそつ》の先生《せんせい》から問《と》い合《あ》わせがあったんだけど、こちらにも来《き》てないのよ。だからもし、迷子《まいご》の小学《しょうがく》六年《ねん》の女《おんな》の子《こ》を見《み》つけたら、連絡《れんらく》してほしいの。」

「まあ、たいへんね！　わかったわ。六年生《ねんせい》の女《おんな》の子《こ》ね？」

「ええ。大阪《おおさか》の間地加小学校《まじかしょうがっこう》六年《ねん》二組《くみ》の難波深朝《なんばみあさ》さんっていうのよ。よろしくね。」

電話《でんわ》が切《き》れた。

さっそくおばあちゃんにそのことを伝《つた》えに、ロビーに行《い》ったがすがたが見《み》えない。

「おかみさんなら、はなれに行《い》かれましたよ。」

ベテラン仲居《なかい》のエツコさんに教《おし》えてもらって、わたりろうかを歩《ある》いて、おっことおばあちゃんの家兼春《いえけんはる》の屋旅館《やりょかん》の事務所《じむしょ》であるはなれに行《い》った。

おばあちゃんは、おしいれから古《ふる》い帳面《ちょうめん》を出《だ》して、居間《いま》のつくえに広《ひろ》げていた。

「おばあちゃん、今《いま》、真月《まつき》さんから連絡《れんらく》があって……。」

おっこが今聞《いまき》いたことを伝《つた》えると、おばあちゃんはうなずいた。

「そうかい、それは心配《しんぱい》だね。真月《まつき》さんのことだから、近所《きんじょ》の旅館《りょかん》や駅《えき》には連絡《れんらく》しているだろうから、念《ねん》のためにうちから花《はな》の湯温泉通《ゆおんせんどお》りのお店《みせ》に、伝《つた》えておこうか。」

そう言《い》いながら、見《み》ていた帳面《ちょうめん》をわきにおしやった。

「おばあちゃん、それ、なに？」

『古《ふる》い宿帳《やどちょう》だよ。どうしても北梅田様《きたうめださま》のお名前《なまえ》が気《き》になってね。そうしたら見《み》つけたよ。六年前《ねんまえ》に、大阪《おおさか》からいらした『北梅田様《きたうめださま》』が泊《と》まってらしたんだよ。」

「え、じゃあ、北梅田《きたうめだ》まよいさんが、うちにいらっしゃるのは二度目《どめ》なの？」

「いや、六年前《ねんまえ》にお泊《と》まりになったのは、小《ちい》さな娘《むすめ》さんを連《つ》れた男《おとこ》のかたでね。北梅田《きたうめだ》まよいさんではないね。ほら。」

おばあちゃんは宿帳《やどちょう》をおっこの前《まえ》によせて置《お》いた。

「北梅田純一《きたうめだじゅんいち》」と日付《ひづけ》の下《した》に名前《なまえ》が書《か》いてある。そしてその横《よこ》にぎくしゃくした子《こ》どもの字《じ》で「きたうめだ　みあ」と書《か》いてあった。

「……たしかこのお嬢《じょう》さんは、このとき六歳《さい》ぐらいだったよ。」

「そのとき六歳《さい》だったら、あたしと同《おな》い年《どし》ってことね。」

（大阪《おおさか》から来《き》た同《おな》い年《どし》の女《おんな》の子《こ》……。北梅田《きたうめだ》みあ？　なんか聞《き》いたことあるような……。あ、あれ？）

「お、おばあちゃん、その北梅田様《きたうめださま》がお泊《と》まりになったときって、あたし、ひょっとしてここに遊《あそ》びに来《き》てなかった？」

「急《きゅう》にどうしたんだい？」

「な、なんか、そのかたを知《し》ってるような気《き》がして。」

「そういえば……。」

おばあちゃんは宿帳《やどちょう》の日付《ひづけ》を見《み》ながら、ああ！とうなずいた。

「おっこたちはあの日《ひ》、紅葉《こうよう》を見《み》にドライブがてら来《き》たよって言《い》って。親子《おやこ》三人《にん》でやってきたね。ちょうど部屋《へや》もあいていたからそのまま泊《と》まっていったんだよ。」

「あ、そ、そうだっけ。」

「北梅田様《きたうめださま》の娘《むすめ》さんとおっこが同《おな》い年《どし》だって仲《なか》よくなって、いっしょに遊《あそ》んでたね！　そうだ、お風呂《ふろ》にいっしょに入《はい》るって言《い》い出《だ》してねえ。露天風呂《ろてんぶろ》ではしゃぎすぎて、おっこがひっくりかえって大《おお》さわぎになったんだったよ。」

「大《おお》さわぎに……。」

（あっ！）

おっこを見下《みお》ろしにらみつける、つりあがった目《め》、ふん！ときつくむすばれたくちびる。長《なが》いあいだわすれていたその顔《かお》が、ふいによみがえった。

「お客様《きゃくさま》にもおっこにも、けががなかったからよかったようなものの、あのころからおっこは、落《お》ちつきがなかったねえ……。」

おばあちゃんはそれに続《つづ》けて、旅館《りょかん》の若《わか》おかみは、もっと落《お》ちついて品《ひん》よくなくてはいけないという話《はなし》をしたそうだったが、おっこはそれどころではなかった。

（お、思《おも》い出《だ》した！　北梅田《きたうめだ》みあちゃん！）

おばあちゃんは、おっことそのお客様《きゃくさま》の娘《むすめ》さんが仲《なか》よくなったと思《おも》っているが、じつは少《すこ》しちがう。おっことみあちゃんは、最初《さいしょ》はたしかに仲《なか》よくなった。

そしてみあちゃんは、女風呂《おんなぶろ》に入《はい》りたいと言《い》い出《だ》した。

（そうだった。みあちゃんはお父《とう》さんと二人《ふたり》で泊《と》まっていたから、男風呂《おとこぶろ》しか入《はい》れなくて。それで、お母《かあ》さんが……あたしとみあちゃんを連《つ》れて、女風呂《おんなぶろ》に入《い》れてくれたんだったわ。）

みあちゃんは大喜《おおよろこ》びだった。露天風呂《ろてんぶろ》で仲《なか》よくお湯《ゆ》をかけあったりもした。

「二人《ふたり》とも、髪《かみ》をあらってあげるわね。」

お母《かあ》さんがそう言《い》って、三人《にん》で大浴場《だいよくじょう》にもどった。

「あら、このボトル、シャンプーが少《すく》ないわね。別《べつ》のボトルを持《も》ってくるわ。」

お母《かあ》さんが、二人《ふたり》に背中《せなか》を向《む》けたとたん、みあちゃんの態度《たいど》が変《か》わったのだ！

それまで、にこにこしていたのに、おっこをにらみつけ、口《くち》をきかなくなった。

（そのとき、みあちゃんが落《お》としたタオルをひろってわたしてあげたんだった。そしたらいきなりどなられて、びっくりして転《ころ》んで、それでおばあちゃんが飛《と》んできて、大《おお》さわぎになったんだわ！）

――いらんことせんと、ほっといて！

あのとき、みあちゃんのさけんだ声《こえ》が、よみがえる。

六歳《さい》のおっこにとって、自分《じぶん》よりもずいぶん背《せ》が高《たか》く体《からだ》も大《おお》きく、そのうえ急《きゅう》におこりだしたみあちゃんは魔物《まもの》みたいにこわかった。

（それで、びっくりしちゃって後《うし》ろにたおれてしりもちをついて……。って、ん？　なんか、それ……。）

――わたしはこういう、ゆるーい着方《きかた》が好《す》きやの！　いらんことせんと、ほっといて！

（さっきのまよいさんにそっくりじゃない？）

「まさか……。」

「なんだい？」

「北梅田《きたうめだ》みあちゃんと、北梅田《きたうめだ》まよいさんがにてる気《き》がして。ひょっとして、まよいさんって、みあちゃんのお姉《ねえ》さんだったりして……。」

「……いや、やっぱりご家族《かぞく》ではないよ。」

少《すこ》し考《かんが》えてから、おばあちゃんがきっぱり言《い》った。

「あのときの北梅田純一《きたうめだじゅんいち》さんのお話《はなし》ではね、奥様《おくさま》と離婚《りこん》が決《き》まって、これからいよいよ娘《むすめ》さんと二人《ふたり》の新《あたら》しい生活《せいかつ》になるということだったよ。ひっこしの準備《じゅんび》などでいそがしくなる前《まえ》に、旅行《りょこう》に来《き》たんだっておっしゃってね。」

「え、そ、そうなの？　それでお父《とう》さんとみあちゃんの二人《ふたり》で旅行《りょこう》されてたのね。」

「みあちゃんが女風呂《おんなぶろ》に入《はい》りたいって言《い》ったときもね。『たった一人《ひとり》の子《こ》どもですし、母《はは》親《おや》のかわりもしてやらなくてはいけないんですが、女風呂《おんなぶろ》にはいっしょに入《はい》ってやれない。』ってしょんぼりされていたのを覚《おぼ》えているよ。」

（みあちゃんが一人《ひとり》っ子《こ》だったら、まよいさんは、みあちゃんのお姉《ねえ》さんじゃないんだ……。

北梅田《きたうめだ》って苗字《みょうじ》も、たまたまいっしょだっただけなのかな。）

関西弁《かんさいべん》でおこられたらこわいというのも、みあちゃんに急《きゅう》にどなられたときのこわさが思《おも》い出《で》に残《のこ》っているせいかもしれない……などと思《おも》っていると。

「おっこー！　おっこ！」

かんだかいさけび声《ごえ》がわたりろうかのほうからひびいてきた。

「たいへんよ！　来《き》て！」

美陽《みよ》の声《こえ》だ。おっこはあわてて居間《いま》から飛《と》び出《だ》した。

「それを見《み》て。まよいさんがお風呂《ふろ》に入《はい》るときに、落《お》としたものよ。」

ろうかの先《さき》のほうにいる美陽《みよ》が、空気《くうき》の球《たま》をなげつけるようなかっこうで、うでをふると、うすい冊子《さっし》がびゅっと宙《ちゅう》を飛《と》んで、おっこの手《て》の中《なか》に入《はい》ってきた。

「これは？」

おっこの肩《かた》ごしにのぞきこんで、ウリ坊《ぼう》が冊子《さっし》の表紙《ひょうし》の文字《もじ》を読《よ》んだ。

「『修学旅行《しゅうがくりょこう》のしおり』？」

ウリ坊《ぼう》とおっこが首《くび》をかしげていると、美陽《みよ》がもどかしそうにさけんだ。

「裏《うら》を見《み》て！　裏《うら》！」

「裏《うら》？」

しおりを返《かえ》して裏《うら》を見《み》て、おっこは、はっと息《いき》をのんだ。

「『間地加小学校《まじかしょうがっこう》六年《ねん》二組《くみ》　難波深朝《なんばみあさ》』って、さっき真月《まつき》さんが言《い》ってた迷子《まいご》になった子《こ》じゃないの……。」

ページを開《ひら》いてみると、旅行《りょこう》の日程《にってい》が出《で》てきた。

今朝《けさ》の午前《ごぜん》七時《じ》に小学校《しょうがっこう》から出発《しゅっぱつ》、新幹線《しんかんせん》とバスを使《つか》って移動《いどう》、正午《しょうご》に花《はな》の湯温泉《ゆおんせん》に近《ちか》い観光名所《かんこうめいしょ》の月光《げっこう》の滝《たき》に到着《とうちゃく》。月光《げっこう》の滝《たき》おみやげセンターで昼食後《ちゅうしょくご》、寺院見学班《じいんけんがくはん》や月光彫《げっこうぼ》り体験班《たいけんはん》などグループに分《わ》かれて自由行動《じゆうこうどう》となっている。

「午後《ごご》五時《じ》におみやげセンターに集合《しゅうごう》して、秋好旅館《しゅうこうりょかん》に移動《いどう》、宿泊《しゅくはく》……。真月《まつき》さんのさがしていたかたのものにまちがいないわ。」

「うん、自由行動《じゆうこうどう》の最中《さいちゅう》に、おれへんようになったって言《ゆ》うてたな。」

「どうして、北梅田様《きたうめださま》がこのしおりを？　あ、そうか！　月光《げっこう》の滝《たき》にいらしたっておっしゃってたから、そこでひろわれたのかしら？」

「おっこ。ちょっとこっちに来《き》て。」

美陽《みよ》がねこやなぎの間《ま》から手《て》まねきした。

「美陽《みよ》ちゃん、勝手《かって》にお部屋《へや》に入《はい》っちゃいけないわ……。」

おっこが言《い》うのも聞《き》かず美陽《みよ》はすばやく部屋《へや》に入《はい》り、おくに置《お》いてあるまよいのバッグを指《ゆび》さした。

「えいっ。」

美陽《みよ》が空気《くうき》をかきまぜるようなしぐさをすると、ロゴ入《い》りの大《おお》きなスポーツバッグがくるりと回転《かいてん》して、持《も》ち手《て》に下《さ》がっていたピンクのネームタグがこっちを向《む》いた。

「あっ！」

ネームタグに書《か》かれている名前《なまえ》は「六年《ねん》二組《くみ》 難波深朝《なんばみあさ》」だった。

「ど、どうして難波深朝《なんばみあさ》さんの持《も》ち物《もの》ばかりまよいさんが持《も》ってるの？」

「バッグのネームタグだけじゃないわよ。さっきたしかめたら、スニーカーの内側《うちがわ》にも『みあさ』って名前《なまえ》が書《か》いてあったわ。」

「くつにも名前《なまえ》が!? それじゃ、まさか……。」

「そのまさかよ。きっと北梅田《きたうめだ》まよいっていうのは、本当《ほんとう》の名前《なまえ》じゃない。大人《おとな》っぽく見《み》えるけど、あの子《こ》は難波深朝《なんばみあさ》さんなのよ！」

（まよいさんは高校生《こうこうせい》に見《み》えるけど、本当《ほんとう》は小学《しょうがく》六年生《ねんせい》なの!?　信《しん》じられない!!）

「あんた、なにしてんの？」

後《うし》ろから声《こえ》がした。

ふりかえると、入《い》り口《ぐち》にお風呂上《ふろあ》がりのまよいがいた。

ゆかたを着《き》るのはやはり苦手《にがて》らしく、ほとんど前《まえ》を合《あ》わせただけで、帯《おび》もほどけかけている。

「人《ひと》の物《もの》を勝手《かって》にさわらんといてよっ！」

おっこの手《て》から修学旅行《しゅうがくりょこう》のしおりをひったくった。

「人《ひと》の物《もの》って……、じゃ、このしおりは、北梅田様《きたうめださま》のものなんですね。」

おっこがたずねると、しまった！　と言《い》わんばかりに口《くち》をぎゅっととじた。

「すぐに出《で》ていって！」

「じゃ、やっぱり本当《ほんとう》は難波深朝《なんばみあさ》さんなんですね？　どうして、うその名前《なまえ》を使《つか》って、修《しゅう》学旅行《がくりょこう》をぬけだしたりしたんですか？」

「そやからほうっといてって！　子《こ》どものくせにうるさいなあ！」

「子《こ》どものくせにって。北梅田様《きたうめださま》……じゃない難波《なんば》さんもあたしと同《おな》じ小学《しょうがく》六年《ねん》じゃない。」

ついおっこも、むっとして言《い》いかえしてしまった。

「さっき、秋好旅館《しゅうこうりょかん》から連絡《れんらく》があって、あなたのことをみんなさがしてるわよ。先生《せんせい》もお友《とも》だちも、きっと心配《しんぱい》してるわ。早《はや》くもどったほうがいいわよ。」

「あいかわらず、うっとうしい子《こ》やな！」

深朝《みあさ》が顔《かお》をしかめた。

「い、今《いま》、あいかわらずって、言《い》った？」

おっこは聞《き》きなおした。

「言《ゆ》うたよ。表《おもて》で会《あ》ったとき、すぐにあんたやってわかったわ。風呂《ふろ》で勝手《かって》に転《ころ》んでギャーギャー泣《な》いてたときと、顔《かお》がぜんぜん変《か》わってないし。」

くくっと、深朝《みあさ》が笑《わら》った。

その声《こえ》や顔《かお》つきが、みあちゃんのいじわるな顔《かお》と重《かさ》なった。

「あぁっ！　じゃあやっぱりあのときの！」

おっこはそっくりかえって指《ゆび》さした。

「北梅田《きたうめだ》みあちゃんなの!?」

「そうや。今気《いまき》がついたんか？　にぶいなあ！」

「にぶいなあって、そんな！　にてるなって思《おも》ったけど、年《とし》ももっと上《うえ》だと思《おも》ったし名前《なまえ》もちがったら、ふつう別人《べつじん》だって思《おも》うわよ！」

「親《おや》が離婚《りこん》して、苗字《みょうじ》が難波《なんば》……お父《とう》さんのほうの旧姓《きゅうせい》に変《か》わったんや。名前《なまえ》を適当《てきとう》に書《か》くつもりやってんけど、前《まえ》にここに泊《と》まったときは『きたうめだ』って宿帳《やどちょう》に書《か》いたなあって思《おも》い出《だ》したら、つい、その苗字《みょうじ》を書《か》いてしもた。北梅田《きたうめだ》って書《か》いたら、あんた、ピンとくるかなと思《おも》ったのに！」

「苗字《みょうじ》が難波《なんば》に変《か》わったのはわかったけど……、じゃあ名前《なまえ》の深朝《みあさ》っていうのは？　みあちゃんじゃないの？」

「深朝《みあさ》がほんまの名前《なまえ》。みあってあだ名《な》みたいに、お父《とう》さんがそう呼《よ》んでたんや。まあ、そんなこまかいことはええやん。ああー、お風呂《ふろ》気持《きも》ちよかった！　若《わか》おかみはしょうもないけど、ここの露天風呂《ろてんぶろ》はええな。」

深朝《みあさ》は、どたんとたたみにすわると、手《て》で風《かぜ》を起《お》こして顔《かお》をあおいだ。

「ああ、あったまってあせ出《で》てきた。ちょっと、若《わか》おかみ、クーラーつけて。」

「うわー、感《かん》じ悪《わる》いやつやなあ！　これは関西弁《かんさいべん》がきついとかの問題《もんだい》ちゃうで！　この、みあのキャラがこわいんや！」

ウリ坊《ぼう》が、うへえっと肩《かた》をすくめて言《い》った。

「おっこ！　負《ま》けちゃだめよ！　この子《こ》をちゃんと修学旅行《しゅうがくりょこう》にもどさないと！　真月《まつき》も秋好旅館《しゅうこうりょかん》もこまっちゃうわ！」

美陽《みよ》がウリ坊《ぼう》の後《うし》ろから顔《かお》を出《だ》してさけんだ。

（そ、そうよね！　ここで負《ま》けちゃだめだわ！　旅館《りょかん》のおかみはどんなときでも落《お》ちついて笑顔《えがお》でって、いつもおばあちゃんが言《い》ってるものね！）

おっこは、ふーっと息《いき》をはいて、深朝《みあさ》の前《まえ》にきちんとすわりなおした。

「あせをかいているときに、いきなり体《からだ》を冷《ひ》やされると、よくありませんよ。もうすずし

い時期《じき》ですからクーラーはおすすめできません。うちわをお持《も》ちいたしますね。」

するると、深朝《みあさ》はじろっと横目《よこめ》でおっこをにらんだ。

「お客《きゃく》の言《ゆ》うこと、聞《き》かへんつもり？　よけいなことばっかり。あーあー、前《まえ》に会《あ》ったときも、やたら親切《しんせつ》ぶっていらんことしてきたなあ。ぜんぜん変《か》わってないわ！　小学生《しょうがくせい》やのに紺《こん》の着物《きもの》着《き》て若《わか》おかみなんて、ほんまうっとうしい子《こ》やわ。」

（くうっ。六歳《さい》のときよりも、口《くち》の悪《わる》いのがパワーアップしてる感《かん》じ！）

言《い》いかえしたいのをぐっとこらえたら、笑顔《えがお》がひきつった。

「お、温泉《おんせん》で楽《たの》しくすごしていただくために、お客様《きゃくさま》のお体《からだ》を気《き》づかうのも、若《わか》おかみの仕事《しごと》です。そうだ、うちわといっしょにお飲《の》み物《もの》をお持《も》ちしましょうか？」

おっこが立《た》ちあがろうとすると、あわてて深朝《みあさ》が引《ひ》きとめた。

「待《ま》って！　行《い》ったら学校《がっこう》の先生《せんせい》に連絡《れんらく》して、わたしがここにいることを言《い》いつけるつもりやろ？」

「言《い》いつけるって……、だってみなさんすごく心配《しんぱい》して、今《いま》ごろ大《おお》さわぎになってるかもしれないのよ。なにか事件《じけん》に巻《ま》きこまれたんじゃないかって思《おも》ったら、警察《けいさつ》に連絡《れんらく》されるかも。そうなったら、たいへんなことになるわ。」

「そうや、おっこの言《い》うとおりや！」

「わがままがひどすぎるわよ！　早《はや》くもどりなさいよ！」

ウリ坊《ぼう》と美陽《みよ》も、深朝《みあさ》には聞《き》こえないのに加勢《かせい》してくれた。

おっこの言葉《ことば》に深朝《みあさ》は、うっとひるんだが、それでも「ふん。」とそっくりかえった。

「そ、そんなんよけいなお世話《せわ》や！　今《いま》は春《はる》の屋旅館《やりょかん》のお客《きゃく》やからな！　若《わか》おかみはお客《きゃく》の言《ゆ》うとおりにしてたらええねん。っていうか、あんた、なんで小学生《しょうがくせい》やのに若《わか》おかみなんかなってんの？」

「あたしが若《わか》おかみになった理由《りゆう》？」

おっこは、どこから話《はな》していいか、うーんと考《かんが》えた。

「そうね。最初《さいしょ》はぜんぜんその気《き》はなかったんだけど……、おばあちゃんが具合《ぐあい》が悪《わる》くなったときに秋好旅館《しゅうこうりょかん》のおかみさんが、うちの大事《だいじ》なお客様《きゃくさま》、神田幸水先生《かんだこうすいせんせい》って有名《ゆうめい》な作《さっ》家《か》の先生《せんせい》なんだけど、そのかたをうばいとりに……いえ、秋好旅館《しゅうこうりょかん》にお泊《と》まりになられたほうがいいサービスを受《う》けられるってやってきて。」

「えっ、秋好旅館《しゅうこうりょかん》って、うちの学校《がっこう》が今日《きょう》泊《と》まる予定《よてい》の旅館《りょかん》の？」

「そうなの。花《はな》の湯温泉一《ゆおんせんいち》、大《おお》きくてりっぱな旅館《りょかん》なの。で、おかみさんが『春《はる》の屋《や》さん。ご無理《むり》なさらないほうがいいんじゃなくて？　またたおれたりしたら、どうなさるの？』なーんて、上品《じょうひん》っぽく言《い》うから、すっごく頭《あたま》にきて！　『あたしだって、春《はる》の屋《や》の子《こ》よ。おばあちゃんを助《たす》けて、幸水先生《こうすいせんせい》に満足《まんぞく》していただくことぐらい、今日《きょう》からできるわっ。』とか言《い》って、気《き》がついたら春《はる》の屋旅館《やりょかん》のあととりになることを宣言《せんげん》しちゃってたの。」

「ぶふっ。なにそれ！」

深朝《みあさ》がふきだした。

「いきおいで旅館《りょかん》のあととりになるって……アッホやなあ！　あはは。」

「笑《わら》いごとじゃないわよ！　そのときは、このままじゃ、おばあちゃんが作《つく》った春《はる》の屋旅《やりょ》館《かん》がなくなっちゃうかもって必死《ひっし》だったんだから！」

「そこがうっとうしいって言《ゆ》うねん。そんな大事《だいじ》なこと、あんたがしゃしゃりでえへんでもお父《とう》さんやお母《かあ》さんが、ここのおかみさんと話《はな》しあって決《き》めることちゃうんのん？」

おっこは、はっとした。

(そうか。深朝《みあさ》さんは、あのときの、お父《とう》さんやお母《かあ》さんといっしょのあたししか知《し》らないんだもんね。)

「あ、あのね。両親《りょうしん》は事故《じこ》で亡《な》くなったの。それであたしは東京《とうきょう》から春《はる》の屋《や》旅館《りょかん》にひっこしてきて、おばあちゃんとくらすことになったの。それに親戚《しんせき》も近《ちか》くにいなくて、春《はる》の屋《や》旅館《りょかん》のおかみのあとつぎは、ほかにいないのよ。」

するると、深朝《みあさ》が「え。」と目《め》を大《おお》きく見開《みひら》いてかたまった。

「そ、そうやったんか。え、えと。ああ。そう……。」

深朝《みあさ》が、なんて言《い》ったらいいかわからなくなったのか、せきを二回《かい》した。

(この話《はなし》をするとみんなこまった顔《かお》するのよね。でも言《い》わないのもおかしいし……。)

「まあ、あんたって小《ちい》さいときからしつこいほど親切《しんせつ》やし、いらんもんをおしつけてくる性格《せいかく》やったもんな。それ、おかみっていう仕事《しごと》に向《む》いててええんちゃう?」

深朝《みあさ》がそう言《い》って、ぽんぽん、とはげますようにおっこの肩《かた》をたたいた。

(深朝《みあさ》さんたら。せいいっぱい気《き》をつかってくれて、こんな言《い》い方《かた》なのね!)

おっこは笑《わら》いそうになるのをがまんしてたずねた。

「ちょっと、お聞《き》きしますけど。」

「なに?」

「『しつこいほど親切《しんせつ》』とか、『いらんもんをおしつけてくる』って。あたし、六歳《さい》からそんな性格《せいかく》だった?」

「そやったよ! もう、つぎつぎあれ食《た》べるかとか、これ使《つか》うかとか持《も》ってきて。おかみさんの真似《まね》が好《す》きなんやって言《ゆ》うて、まわりの大人《おとな》も笑《わら》って注意《ちゅうい》せえへんし。あんた、ほんまみんなにあまやかされてて。ムカついたわ。」

「ムカついたって……、それじゃ、それでお風呂場《ふろば》で急《きゅう》に鬼《おに》みたいな顔《かお》になってあたしにいじわるしたの!?」

「鬼《おに》みたいな顔《かお》はおおげさやろ。」

むっとしたように、深朝《みあさ》が顔《かお》をしかめた。

「それ、その鬼顔《おにがお》! 目《め》がつりあがって、すっごくこわかったのよ!」

「あのとき、あんたおおげさにひっくりかえって、『きゃー、みあちゃんこわいーっ。』って泣《な》きさけんでくれたな！　おかげでお父《とう》さんにめっちゃおこられてんからな！　あんたのほうが鬼性格《おにせいかく》やん！」

「どっちが鬼性格《おにせいかく》！　しかられて当然《とうぜん》よ！　自分《じぶん》よりも体《からだ》の小《ちい》さな子《こ》をおどかしたんですからね！」

「さんざん人《ひと》にいやな思《おも》いさせたんはあんたやのに、お父《とう》さんやお母《かあ》さんやおばあちゃんにヨシヨシってしてもろて、おこられもせんとおしまいやったやん！　こっちはあのとき、お母《かあ》さんが家《いえ》から出《で》ていったあとで、めっちゃ落《お》ちこんでたんやで！」

「そ、そんなの、そのとき知《し》らなかったし！」

言《い》いあう二人《ふたり》をウリ坊《ぼう》と美陽《みよ》はあきれ顔《がお》でながめていた。

「これ……なかなかええ勝負《しょうぶ》ちゃうか？」

「そうね。おっこは、真月《まつき》と互角《ごかく》にやりあえる子《こ》だもの。負《ま》けてないわよね。」

「鬼顔《おにがお》とか、鬼性格《おにせいかく》とか、なにげなく鬼《おに》をディスるのやめてほしいですけどねえ。まあ、おもしろいからいいですけど。」

壁《かべ》を通《とお》りぬけてあらわれた鈴鬼《すずき》も、話《はなし》に加《くわ》わった。

「でもこのままケンカしてたら、どんどん学校《がっこう》や秋好旅館《しゅうこうりょかん》への連絡《れんらく》がおくれちゃうわ。二人《ふたり》を止《と》めないと。」

美陽《みよ》が壁《かべ》にかかった掛《か》け時計《どけい》を見《み》ながら言《い》った。

「ぼくにいい考《かんが》えがあります。」

鈴鬼《すずき》がすっと立《た》ちあがって、おっこに話《はな》しかけた。

「おっこさん、このままじゃ深朝《みあさ》さん、意地《いじ》になって、ますます修学旅行《しゅうがくりょこう》にもどりませんよ。とにかくお茶《ちゃ》でもいれてさしあげて、落《お》ちついてもらったほうがいいんじゃないですか？」

鈴鬼《すずき》の言葉《ことば》に、頭《あたま》に上《のぼ》っていた血《ち》が、さあっと下《さ》がった。

（そうだった！　言《い》いあいしてる場合《ばあい》じゃないわ。）

「……ごめんなさい。言《い》いすぎたわ。」

おっこは、首《くび》までせりあがっていた肩《かた》を落《お》とした。

「どんなことがあったにせよ、あなたは今《いま》、春《はる》の屋旅館《やりょかん》のお客様《きゃくさま》なんだから、気持《きも》ちよくすごしていただかなくちゃ。」

「……ふん。わかったらええねん。こっちはお客様《きゃくさま》やねんからな！」

深朝《みあさ》はまたふんぞりかえった。

「まずはうちわをお持《も》ちします。お飲《の》み物《もの》もお持《も》ちしますので、お待《ま》ちください。」

おっこは頭《あたま》を下《さ》げてから部屋《へや》を出《で》た。

お茶《ちゃ》とうちわをお盆《ぼん》にのせて運《はこ》んでいたら、おばあちゃんがたずねてきた。

「おっこ、ねこやなぎの間《ま》でなにかさわいでなかったかい？」

「あ、あの、難波様《なんばさま》とお話《はなし》がはずんじゃって。ごめんなさい。」

「難波様《なんばさま》？　北梅田様《きたうめださま》だろ？」

「あっ、そ、そう北梅田様《きたうめださま》よ。うん。早《はや》くお茶《ちゃ》をお持《も》ちしなくっちゃ。」

早足《はやあし》でねこやなぎの間《ま》に急《いそ》ぐおっこの後《うし》ろすがたを、おばあちゃんは首《くび》をかしげて見《み》送《おく》った。

「ああ、なんかこのお茶《ちゃ》おいしい！」

深朝《みあさ》がうれしそうに、お茶《ちゃ》を飲《の》みほした。

「そうでしょう？　もう秋《あき》だし、冷《つめ》たいもので体《からだ》を冷《ひ》やすよりも、あったかいものを飲《の》んだほうが体《からだ》にいいですからね。」

「その親切《しんせつ》がまたうっとうしいけど、まあおいしいからええわ。おかわり！」

「はい、どうぞ。」

二はいめのお茶《ちゃ》を湯《ゆ》のみに注《そそ》いだ。たしかに、いつもよりも香《かお》りが高《たか》く、緑《みどり》の色《いろ》がキラキラとかがやいておいしそうだ。

深朝《みあさ》はまた湯《ゆ》のみを空《から》にして、ふうっと息《いき》をはいた。

(深朝《みあさ》さん、ちょっと落《お》ちついたみたいね。)

「ねえ、深朝《みあさ》さん、どうしてうちに来《き》てくれたの？」

おっこは、さっきから気《き》になっていたことをたずねた。

「どうしてって……。あせだくになったから、温泉《おんせん》に入《はい》ってさっぱりしたかったんや。そしたらここの旅館《りょかん》のこと思《おも》い出《だ》して。」

「修学旅行《しゅうがくりょこう》をぬけだしてまで、一人《ひとり》で温泉《おんせん》に入《はい》りたかったの？」

「そ、そうや。みんなを大《おお》さわぎさせるつもりはなかったんや。自由行動《じゆうこうどう》の時間《じかん》に、どうしても会《あ》いたい友《とも》だちが花《はな》の湯《ゆ》温泉《おんせん》にいるから、先生《せんせい》の点呼《てんこ》をごまかしといてって同《おな》じクラスの友《とも》だちにたのんで。ばれる前《まえ》に集合場所《しゅうごうばしょ》にもどるつもりやったし。」

「先生《せんせい》や友《とも》だちにうそついてまで、一人《ひとり》で温泉《おんせん》に？　ヘンよね。」

「話《はなし》がおかしいな。なんか、かくしてるんちゃうか？」

ウリ坊《ぼう》と美陽《みよ》が、そろって顔《かお》をしかめた。

「もう一ぱいお茶《ちゃ》をすすめてください。そしたらきっと本心《ほんしん》を話《はな》したくなりますよ。」

鈴鬼《すずき》が言《い》った。

おっこは、三ばいめのお茶《ちゃ》を注《そそ》いで、たずねた。

「深朝《みあさ》さん、またうっとうしいって思《おも》うかもしれないけど……。なにかわけがあるなら、教《おし》えてくれないかしら。ひょっとしたら力《ちから》になれるかもしれないわ。」

お茶《ちゃ》を一口《ひとくち》飲《の》んで、深朝《みあさ》はうつむいた。

「……どうしても、一人《ひとり》でお風呂《ふろ》に入《はい》りたくて。」

「まあ、秋好旅館《しゅうこうりょかん》の露天風呂《ろてんぶろ》や大浴場《だいよくじょう》は、すごく広《ひろ》くてきれいで、みんなで入《はい》ったらきっと、楽《たの》しいわよ。」

すると、湯《ゆ》のみを置《お》くなり深朝《みあさ》がわっと泣《な》き出《だ》した。

「あかん！　そんなん無理《むり》！　みんなでお風呂《ふろ》なんて、無理《むり》なんやあ！」

「深朝《みあさ》さん！」

おっこはおどろいて深朝《みあさ》の背中《せなか》に手《て》を置《お》いた。

「ね、泣《な》いてないでわけを言《い》ってみて！　一人《ひとり》でなやんでちゃいけないわ！」

深朝《みあさ》が救《すく》いを求《もと》めるように、身《み》をのりだしたときだった。

はらりとゆかたが肩《かた》から落《お》ちて、前《まえ》が大《おお》きく開《ひら》いた。深朝《みあさ》の胸元《むなもと》の、こいピンクのドレスを着《き》たお姫様《ひめさま》の笑顔《えがお》と目《め》が合《あ》った。

「あっ。」

おっこは、深朝《みあさ》に飛《と》びつくようにだきよせて、とっさに前《まえ》をかくした。

「鈴鬼《すずき》くん！　ウリ坊《ぼう》！　後《うし》ろ向《む》いて！」

美陽《みよ》がきびしく二人《ふたり》に命令《めいれい》した。

「……見《み》えた？」

「え、ええ。ずいぶんかわいい……下着《したぎ》ね。」

「そう思《おも》う?」

「え、ええ。」

「ほんなら、これ、わたしににあってると思《おも》う?」

「それは、その……。深朝《みあさ》さんが大人《おとな》っぽいから、ほんのちょっと下着《したぎ》だけ子《こ》どもっぽく見《み》えちゃう……、かも。」

おっこはせいいっぱい言葉《ことば》を選《えら》んだが、

「やっぱりそうやんな! うっ。」

深朝《みあさ》がまた泣《な》きふした。

「お父《とう》さんに言《い》えなかったんや! こんな小《ちい》さい子《こ》みたいな、下着《したぎ》、いややって! もっと大人《おとな》っぽいのんがええって! このお姫様《ひめさま》アニメが好《す》きやったん、もっと小《ちい》さいときやのに、お父《とう》さん、修学旅行《しゅうがくりょこう》のためにタオルを買《か》ってきてほしいってたのんだら、こんなんもいっしょにわざわざ買《か》ってきて! 友《とも》だちに見《み》られたらつらすぎる。」

「そうだったの……。」

「そうだったの……。」

おっこと美陽《みよ》は、まゆをよせて同時《どうじ》にうなずいた。

「なんや？　シャツのもようぐらいで、おおげさやなー！」

ウリ坊《ぼう》のうでを、美陽《みよ》がばしっとたたいた。

「もうっ、ウリ坊《ぼう》にはわからないことよ！　だまってて！」

「おしゃれなぼくには彼女《かのじょ》の気持《きも》ちがわかるな。身《み》に着《つ》けるものでそのときの気持《きも》ちも変《か》わるし、人《ひと》の見《み》る目《め》も変《か》わりますからね。」

鈴鬼《すずき》がトラの毛皮《けがわ》の腰巻《こしまき》をそっとなでて、つぶやいた。

「それにわたし、クラスですっごい大人《おとな》キャラで通《とお》ってるんや。今《いま》かって、カッコええ男《おとこ》の子《こ》とデートしてるってみんな思《おも》いこんでて……。それやのに小《ちい》さい子《こ》の好《す》きなアニメキャラ下着《したぎ》やって知《し》ったら、みんなにがっかりされるし！」

「ほかの下着《したぎ》は持《も》ってきてないの？　それなら今《いま》のうちに着《き》がえちゃえば……。」

「もう一枚《いちまい》のは王子様《おうじさま》プリントやねん！　二枚買《まいか》ったら30％《パーセント》引《び》きやったらしいわ！　着《き》がえるときは、シャツを上《うえ》からはおったりしてごまかせそうなんやけど、お風呂《ふろ》だけはごまかしようがないし……。もう、かぜやからってうそついて、お風呂《ふろ》に入《はい》らないでおこうかって思《おも》ったけど、あせかいて気持《きも》ち悪《わる》いからお風呂《ふろ》には入《はい》りたかったし。ここの……春《はる》の屋旅館《やりょかん》に来《き》たらなんとかなるかもって思《おも》って……。」

「そうだったの……。わかったわ。」

おっこは大《おお》きくうなずいた。

「そんな事情《じじょう》ならなんとかできそうよ！」

「ほ、ほんまに？」

「ええ。春《はる》の屋旅館《やりょかん》の若《わか》おかみですもの！　大事《だいじ》なお客様《きゃくさま》に気持《きも》ちよくすごしていただくためなら、なんだってできるわ。」

おっこは、まかせて！　と言《い》わんばかりに、着物《きもの》の胸《むね》をどんとたたいてみせた。

「難波《なんば》さん、心配《しんぱい》したわよ。ぶじでよかったわ！」

深朝《みあさ》を迎《むか》えにきた、引率《いんそつ》の先生《せんせい》が言《い》った。

「本当《ほんとう》にすいません。昔《むかし》、お父《とう》さんと、この春《はる》の屋旅館《やりょかん》に泊《と》まったことを思《おも》い出《だ》して……どうしても来《き》たくなって。」

しゅんとうなだれた深朝《みあさ》をかばうように、おばあちゃんが前《まえ》に出《で》て言《い》った。

「さしでがましいようですが、深朝《みあさ》さんをあまりしからないであげてください。わたくしども深朝《みあさ》さんが、前《まえ》にいらしてくださった北梅田《きたうめだ》さんのお嬢《じょう》さんだとすぐに気《き》がつかなかったのもよくなかったですし。それに、深朝《みあさ》さんはこちらの若《わか》おかみとは仲《なか》よしだったので、どうしても会《あ》いたかったんじゃないかと……。」

おばあちゃんが「ね。」と、おっこのほうを見《み》た。

「はい。」

おっこは大《おお》きくうなずいた。

「ごめんなさい。早《はや》く先生《せんせい》に連絡《れんらく》しなくてはと思《おも》ったんですけども、ついついお話《はなし》がはずんでしまって……。」

先生《せんせい》に頭《あたま》を下《さ》げたおっこをかばうように前《まえ》に出《で》て、深朝《みあさ》が言《い》った。

「おっこちゃんは、悪《わる》くないんです。みんな心配《しんぱい》してるやろから、すぐにもどらなあかんって言《い》ってくれたのに、わたしがなやみごとを相談《そうだん》してしまったから話《はなし》が長《なが》くなって。」

「まあ、難波《なんば》さん、大《おお》きななやみごとがあるのね。」

先生《せんせい》が心配《しんぱい》そうに深朝《みあさ》の顔《かお》をのぞきこんだ。

「修学旅行《しゅうがくりょこう》をぬけだすぐらい、なやんでいたなんて。ね、先生《せんせい》に話《はな》してくれない？」

すると深朝《みあさ》は、横《よこ》に首《くび》をふった。

「おっこちゃんに話《はな》したら、すっきりしました。もうぜんぜんだいじょうぶです！」

そう言《い》って、にこっと笑《わら》った。

「それならいいけど……。秋好旅館《しゅうこうりょかん》のかたがたもあちこちさがしてくださったのよ。旅館《りょかん》についたら、みなさんにもちゃんとおわびしましょうね。それに、クラスのみんなもすごく心配《しんぱい》して、難波《なんば》さんを待《ま》ってるのよ。さ、もどりましょう。」

「はい。」

うながす先生《せんせい》に深朝《みあさ》はうなずいた。そしておっこにだけとどくような小《ちい》さな声《こえ》でお礼《れい》を言《い》った。

「ありがとう。……貸《か》してくれて……。」

おっこが深朝《みあさ》に貸《か》したのは、以前《いぜん》にグローリー・水領《すいりょう》さんというお客様《きゃくさま》がインナーに着《き》るといいと言《い》って、黄色《きいろ》いワンピースといっしょに買《か》ってくれたものだった。

レースのついたあわい黄色《きいろ》のキャミソールで、サイズは小《ちい》さめだが大人用《おとなよう》だ。

大人用《おとなよう》のものを着《き》るのは、はずかしいような気《き》がして、ずっとしまっておいたのだったが、深朝《みあさ》だったらサイズも合《あ》うと思《おも》い出《だ》したのだ。

「あたしは着《き》ないし……。役《やく》に立《た》ってよかったわ。」

「あんたのこと、しつこいほど親切《しんせつ》とか、いらんもんをおしつけてくる性格《せいかく》とか言《ゆ》うてごめんな。あんたって、すっごくええ若《わか》おかみやわ。」

「わかってくれたらいいのよ！」

おっこがにっと笑《わら》うのを見《み》て、深朝《みあさ》もぷっとふきだした。

「また、遊《あそ》びに来《き》てね。今度《こんど》はお父《とう》さんといっしょに！」

「うん。あ、それより大人《おとな》になって、カッコええカレシといっしょがええかなー。」

「あはは、楽《たの》しみに待《ま》ってるわね！」

おっこは、先生《せんせい》とならんで歩《ある》き出《だ》した深朝《みあさ》のすがたが見《み》えなくなるまで見送《みおく》った。深朝《みあさ》も何度《なんど》もふりかえってはおっこに手《て》をふった。

その夜《よる》。

「あー、なんかつかれちゃったなあ。」

一日《いちにち》の仕事《しごと》と夕食《ゆうしょく》が終《お》わって、着物《きもの》からスウェットに着《き》がえたおっこは、自分《じぶん》の部屋《へや》のベッドにあおむけにたおれこんだ。

「今日《きょう》は思《おも》わぬお客様《きゃくさま》がいらっしゃいましたからね。ま、あまいものでも食《た》べて一休《ひとやす》みしてくださいよ。」

鈴鬼《すずき》がベッドの頭《あたま》のところから、上半身《じょうはんしん》だけ出《だ》してきておやつをさしだした。

「ありがとう。って、これなに？」

おっこは起《お》きあがって茶色《ちゃいろ》くて丸《まる》いそれを受《う》けとった。

「栗《くり》きんとんアイスクリームの進化系《しんかけい》で、もなかの皮《かわ》ではさんだ『栗《くり》きんとんアイスもなかサンド』です。」

「うわ、めちゃくちゃおいしい！」

「でしょう？　パリパリしたもなかの皮《かわ》の食感《しょっかん》がたまりませんね！」

夢中《むちゅう》になって、アイスもなかサンドを食《た》べるおっこを、ウリ坊《ぼう》がたしなめた。

「おい。康《こう》さんが苦心《くしん》して作《つく》ったデザートを、またぬすみ食《ぐ》いしとる‼　おっこもそれを素直《すなお》に食《た》べてる場合《ばあい》か。若《わか》おかみやったら、注意《ちゅうい》せなあかんやろ！」

「わかってるけど、おいしいんだもん！　あー、深朝《みあさ》さん今《いま》ごろ、お友《とも》だちと楽《たの》しくお風《ふ》呂《ろ》入《はい》ってるかしら。」

おっこがつぶやいたとき、すいっと美陽《みよ》が窓《まど》から飛《と》びこんできた。

「様子《ようす》を見《み》てきたけど、あのインナーがおしゃれだって、女《おんな》の子《こ》たちに取《と》りかこまれてたわよ。深朝《みあさ》さん、うれしそうに秋好旅館《しゅうこうりょかん》の大浴場《だいよくじょう》ではしゃいでたわ。」

「それはよかったわ！　あ、でも、深朝《みあさ》さんはカッコいい男《おとこ》の子《こ》とこっそりデートしてたってみなさん思《おも》ってるんでしょう？　それはどう話《はな》したのかしら？」

「それはこう言《い》ってたわ。『デートしてたんやないって。小《ちい》さいときからの仲《なか》よしの友《とも》だちと、もりあがってててん。それだけや！』ってね。」

「小《ちい》さいときからの仲《なか》よしの友《とも》だちね。」

おっこは、うふふっと笑《わら》った。

「おっこ、深朝《みあさ》さんは本心《ほんしん》からそう言《い》ってると思《おも》う。」

美陽《みよ》がベッドのはしにふわっと腰《こし》を下《お》ろして言《い》った。
『その子《こ》って、めっちゃ親切《しんせつ》でたよりになって、他人《たにん》のことでも自分《じぶん》のことみたいに
いっしょうけんめい考《かんが》えてくれる子《こ》やから、どうしても会《あ》いたくなって行《い》ってん。』っ
て、言《い》ってたわ。深朝《みあさ》さん、はじめからおっこに会《あ》って相談《そうだん》したかったんじゃない？　だ
から春《はる》の屋旅館《やりょかん》に来《き》てくれたんだわ。」
「え、そうなのかな？」
「ぼくも美陽《みよ》さんの言《い》うとおりだと思《おも》いますよ。」
鈴鬼《すずき》もすぽんとベッドの頭《あたま》から飛《と》び出《だ》して、美陽《みよ》の横《よこ》にすわった。
「なんでや？」
「深朝《みあさ》さんにすすめて飲《の》んでもらったお茶《ちゃ》に『開信茶《かいしんちゃ》』っていう、魔界《まかい》のお茶《ちゃ》の葉《は》を
ちょっとだけまぜたんです。」
『開信茶《かいしんちゃ》』？　なんやそれ？」
「心《こころ》から信《しん》じる相手《あいて》には、本心《ほんしん》を言《い》うってききめがある薬草茶《やくそうちゃ》です。深朝《みあさ》さんがなかな
か本心《ほんしん》を言《い》わないんで、試《ため》してみたんですよ。」

「またそんな勝手《かって》なことして！　そんなおかしなもん飲《の》ませて、具合《ぐあい》でも悪《わる》なったらどないすんねん！」

ウリ坊《ぼう》が鈴鬼《すずき》のうでをぐいっとつかんで、後《うし》ろにねじった。

「いたたっ！　やめてくださいっ！　だって早《はや》く本心《ほんしん》を言《い》ってもらわないと、深朝《みあさ》さんが行方不明《ゆくえふめい》だってことになって、いよいよ大《おお》さわぎになるかもしれなかったじゃないですか！　それにおっこさんもこまってたし、ぼくはおっこさんのためにですね！」

「鈴鬼《すずき》くん、じゃあそのお茶《ちゃ》を飲《の》んで、深朝《みあさ》さんがなやんでることを言《い》えたっていうのは、おっこのことを心《こころ》から信《しん》じてたってことなの？」

美陽《みよ》がたずねた。

「そういうことです！　お茶《ちゃ》のききめもまだ残《のこ》ってるだろうし、深朝《みあさ》さんが友《とも》だちに話《はな》していた『どうしても会《あ》いたくなって行《い》ってん。』も本心《ほんしん》だと思《おも》いますよ。」

「それやったら、はじめから素直《すなお》にそう言《ゆ》うたらええのに。深朝《みあさ》のやつ、おっこに憎《にく》まれ口《ぐち》ばっかりたたいとったやないか。」

ウリ坊《ぼう》が首《くび》をかしげた。

「きっと照《て》れくさかったのよ。それにいきなり下着《したぎ》の話《はなし》なんて、はずかしくてなかなか言《い》い出《だ》せないわよ。」

「もしそうだったら……うれしいな。仲《なか》よしがまた一人《ひとり》ふえた感《かん》じ。」

「そうね！」

おっこは美陽《みよ》と、にっこり笑《わら》いあった。

「女同士《おんなどうし》の友情《ゆうじょう》は、よくわからんわ。ふわー、つかれた。おれ、もう寝《ね》よ。」

ウリ坊《ぼう》が大《おお》あくびしたかと思《おも》うと、ぱっと消《き》えた。

「ぼくも行《い》こうかな。開信茶《かいしんちゃ》を買《か》いにいったときに、お茶《ちゃ》の話《はなし》で魔界《まかい》のみんなともりあがりましてね。今《いま》から魔茶会《まちゃかい》をすることになったんですよ。じゃ、失礼《しつれい》。」

鈴鬼《すずき》も言《い》うなりすがたを消《け》した。

二人《ふたり》がいなくなると、部屋《へや》は急《きゅう》に静《しず》かになった。

「あー、明日《あした》はどんなお客様《きゃくさま》がいらっしゃるかしら？　楽《たの》しみだな。明日《あした》もがんばっちゃう！」

そう言《い》いながら、おっこはベッドにまたあおむけにたおれこんだ。

「おっこ。おっこ？」

美陽《みよ》が声《こえ》をかけたが、返事《へんじ》がない。

「ああーっ！　おっこったら、そのまま寝《ね》ちゃだめよ！　お風呂《ふろ》に入《はい》って歯《は》をみがかなきゃ！」

美陽《みよ》の声《こえ》が部屋《へや》にひびきわたったが、おっこは笑《わら》った顔《かお》のまま、気持《きも》ちよく寝《ね》てしまったのだった。

第《だい》二話《わ》

若《わか》おかみは小学生《しょうがくせい》・男子《だんし》!?

1　男《おとこ》の子《こ》だったらよかったのに！

ある、お天《てん》気《き》のよい朝《あさ》のこと。

おっこは、お天《てん》気《き》がいいときは、おなかさえすいていなければとてもきげんがいい。

この日《ひ》は朝《あさ》ごはんをおなかいっぱい、しかもそれが春《はる》の屋《や》旅《りょ》館《かん》のお客《きゃく》様《さま》にいただいた、とても新《しん》鮮《せん》で質《しつ》のいい卵《たまご》で作《つく》った卵《たまご》焼《や》きと、卵《たまご》を落《お》としたおみそ汁《しる》を食《た》べてきていたので、上《じょう》きげんもいいところだった。

「おはよう！」

おっこは教《きょう》室《しつ》に飛《と》びこむなり、元《げん》気《き》いっぱいクラスのみんなにあいさつした。

「あ、おっこちゃん、おはよう！」

仲《なか》よしのよりこが、自《じ》分《ぶん》の席《せき》から手《て》をふった。

「見《み》て、おっこちゃん。このカーディガン！」

小花《こばな》のししゅうが散《ち》った白《しろ》いカーディガンを着《き》たよりこが、うれしそうに立《た》ちあがった。

「わ、よりこちゃん！　それ、すっごくかわいい……。」

おっこが言《い》いおわる前《まえ》に、

「ちょっと！」

いきなり真横《まよこ》から、だれかがおっこのうでをつかんだ。見《み》ると、オレンジとピンクと赤《あか》のフリルが全身《ぜんしん》をびっしりおおったワンピースを着《き》た真月《まつき》だった。

「あ、真月《まつき》さん、おはよう。今日《きょう》のお洋服《ようふく》はまた……、ええとゴージャスな金魚《きんぎょ》みたいですごいわね。」

「あら、わかる？　後《うし》ろの大《おお》きなジョーゼットのリボンは金魚《きんぎょ》の尾《お》をイメージしたものなのよ。この微妙《びみょう》に金《きん》のまじった赤《あか》は、わざわざ有名《ゆうめい》な染色家《せんしょくか》にそめさせた色《いろ》よ。」

真月《まつき》は得意《とくい》げに、腰《こし》にふんわりもりあがった、真《ま》っ赤《か》にすけるリボンを見《み》せたが、すぐにわれに返《かえ》ってこう言《い》った。

「それは今《いま》いいの。それよりあなた、その顔《かお》をなんとかしなさいよ。」

「もう、真月《まつき》さんたら朝《あさ》からおもしろいわね！　顔《かお》なんて、生《う》まれつきなんだから変《か》えられないわよう！」

おっこは、あははっと盛大《せいだい》に笑《わら》った。

秋好旅館《しゅうこうりょかん》のお客《きゃく》以外《いがい》には、どんな人《ひと》にも等《ひと》しく上《うえ》から目線《めせん》の真月《まつき》の言《い》うことだから、「女王様《じょおうさま》っぽいじょうだん」だと思《おも》ったのだ。しかし真月《まつき》は、にこりともせずにこう言《い》った。

「顔立《かおだ》ちをどうにもできないのはわかってるけれど、口《くち》の横《よこ》についている黄色《きいろ》いものは取《と》れるはずよ。それ、なにかしら。」

「え？　黄色《きいろ》いものって？」

「見《み》てごらんなさいよ。」

真月《まつき》がゴブラン織《おり》のポーチから、金色《きんいろ》のバラがうきぼりになった手鏡《てかがみ》を取《と》り出《だ》して、おっこにわたした。

「ありがとう！　きれいな鏡《かがみ》ねえ！」

鏡《かがみ》の中《なか》の自分《じぶん》を見《み》て、おっこは、あっとおどろいた。

「やだ。口《くち》に卵《たまご》がついちゃってる！」

「髪《かみ》にもついてるわ。いったいどんな食《た》べ方《かた》をしたら、そんなところに卵《たまご》の黄身《きみ》が飛《と》ぶのかしらね？　あなたは、耳《みみ》から食事《しょくじ》をするの？」

真月《まつき》はあきれて、おっこの耳《みみ》の横《よこ》の髪《かみ》を指《ゆび》さした。

「え、どこ？　まだ、ほかにもついてる？」

「お手洗《てあら》いに行《い》きましょう。」

あわてるおっこの手首《てくび》をつかんで、真月《まつき》は、ずいっと教室《きょうしつ》を出《で》た。

「あれ、トイレはあっちよ。」

トイレのあるほうに向《む》かわず、階段《かいだん》をのぼる真月《まつき》に言《い》った。

すると真月《まつき》はふりかえりもせずに、言《い》いはなった。

「図書室《としょしつ》の横《よこ》の女子《じょし》トイレには、全身《ぜんしん》がうつる鏡《かがみ》があるのよ。それに人《ひと》があまり来《こ》ないからゆっくり全身《ぜんしん》チェックができるのよ。」

「そうなの！　知《し》らなかった！　でも全身《ぜんしん》なんてべつにチェックしなくったって……。ほら、若《わか》おかみの着物《きもの》のときならともかく、ふだんはそこまでは……。」

「だめよ！　女《おんな》の子《こ》なんだから！」

びしっと言《い》われて、おっこは肩《かた》をすくめた。

三階《がい》の図書室横《としょしつよこ》の女子《じょし》トイレには、真月《まつき》の言《い》ったとおり、大《おお》きな鏡《かがみ》が壁《かべ》にあった。

「ここって、すごく明《あか》るくて静《しず》かねえ。」

「採光《さいこう》がいいから、こまかい服《ふく》のほつれやしみなんかも見《み》つけやすいのよね。」

自分《じぶん》の部屋《へや》をほめられたように、得意《とくい》げに真月《まつき》が言《い》った。

「うわー、本当《ほんとう》だわ。卵《たまご》の黄身《きみ》が髪《かみ》についてる！　わ、ここにも！」

おっこは、ぬらしたハンカチで顔《かお》や髪《かみ》をふきつつ、鏡《かがみ》の中《なか》の自分《じぶん》をよーく見《み》た。

今日《きょう》は朝《あさ》ごはんに夢中《むちゅう》になって、いつもよりしたくをするのがおくれたから、髪《かみ》もろくにとかしていない。きのうと同《おな》じジーンズは、よく見《み》たらすそがちょっとよごれていたし、引《ひ》き出《だ》しからひっぱりだしたお気《き》に入《い》りのチェックのシャツには、しわがよっていた。

オーダーメイドのワンピース、髪《かみ》にも金魚《きんぎょ》の尾色《おいろ》のリボンをつけ、いつでもパーティに参加《さんか》できる態勢《たいせい》の真月《まつき》とならんでいるせいもあるのか、取《と》れきれないねぐせがはね、まったくおしゃれしていない自分《じぶん》が、女《おんな》の子《こ》としてだめに見《み》えてきた。

(よりこちゃんも、かわいいカーディガン着《き》てたなあ。それにほかの女《おんな》の子《こ》だって、あたしよりはおしゃれしているわよね……。)

「あなた、着《き》るものはせめて前《まえ》の夜《よる》からハンガーにかけておきなさいよ。服《ふく》のしわが残《のこ》らないし、朝《あさ》、コーディネートにまよわないから、あわてないでしょう?」

「……はあい。」

真月《まつき》の言《い》うことは、もっともだった。

――いくらねぼけていても、せめて、くつしたを左右《さゆう》ちがうのをはくのはやめておくれ。女《おんな》の子《こ》なのに、どうしてこうなんだろうねえ。

と、おばあちゃんにもなげかれていたし、なにを着《き》たらいいのか組《く》み合《あ》わせを考《かんが》えるのがめんどうなときは、おしゃれの好《す》きな美陽《みよ》に着《き》るものを決《き》めてもらっているのだ。

「あーあ。女《おんな》の子《こ》ってめんどうだわ。ウリケンなんて、毎日《まいにち》起《お》きて、てきとうにひっつかんで手《て》にあたったものを着《き》てる、なんて言《い》ってたし。男《おとこ》の子《こ》だったら、ちょっとぐらい髪《かみ》がはねてたり、身《み》だしなみがきっちりしてなくったって、女《おんな》の子《こ》ほどは注意《ちゅうい》されないよね。」

するとと、真月《まつき》が大《おお》きくうなずいた。

「本当《ほんとう》に男《おとこ》の子《こ》はいいわよね。」

おっこはおどろいて、鏡《かがみ》の中《なか》の真月《まつき》を見《み》た。

「ええ？　真月《まつき》さんもそう思《おも》うの？　意外《いがい》だわ！　こんなにおしゃれが好《す》きだし、男《おとこ》の子《こ》なんか、うらやましくないんじゃないの？」

「あら、身《み》だしなみに気《き》をつけるのは、男《おとこ》の子《こ》でも大事《だいじ》なことだわ。ただ、男《おとこ》の子《こ》だとよかったなと思《おも》うのは、うちの旅館《りょかん》のことでよ。」

真月《まつき》はまつげのカールを整《ととの》えながら、めずらしく不満《ふまん》めいた言葉《ことば》をもらした。

「うちの秋好旅館《しゅうこうりょかん》は、切《き》りまわすのがおかみでなくても成《な》り立《た》つんじゃないかと思《おも》ってるの。わたしだって、ふつうに社長《しゃちょう》になれればそのほうが仕事《しごと》がやりやすいわ。」

「え、じゃあ秋好旅館《しゅうこうりょかん》は、真月《まつき》さんの代《だい》になったら、おかみをやめるの？」

現在毎日若《げんざいまいにちわか》おかみ修業中《しゅぎょうちゅう》で、将来《しょうらい》はおばあちゃんみたいなりっぱなおかみになる……ということに、まったくなんの疑問《ぎもん》もいだいていなかったおっこは、おどろいてのけぞってしまった。

「わたしはそうしたいんだけれど、この話《はなし》をするとお母《かあ》さんがおこるのよね。でもお母《かあ》さんみたいに、毎日《まいにち》着物《きもの》を着《き》て、館内《かんない》を走《はし》りまわるなんてまっぴらだわ。」

おっこは、でっぷりとした大《おお》きな体《からだ》に、にぎやかな柄《がら》の着物《きもの》を着《き》て、ふうふうあせをかきながら広《ひろ》い館内《かんない》を飛《と》びまわっている、真月《まつき》の母《はは》・高子《たかこ》おかみのすがたを思《おも》いうかべた。

「わたしが男《おとこ》の子《こ》だったら、おかみのあとをついでほしい、なんて話《はなし》ははじめから出《で》ないわけでしょう？　いっそ男《おとこ》の子《こ》だったら、社長業《しゃちょうぎょう》に専念《せんねん》できるのにって思《おも》うとめんどうで。」

「そうかあ。そうよねえ。あたしだって、おかみになろうって思《おも》うから、おばあちゃんに毎日《まいにち》きびしく言《い》われるんだものね。あたしが男《おとこ》の子《こ》だったら、春《はる》の屋旅館《やりょかん》の社長《しゃちょう》になればよかったんだわ。あ、でも、それだったらおかみがいなくなってこまっちゃうかな……。」

秋好旅館《しゅうこうりょかん》のように巨大《きょだい》な施設《しせつ》もなければ、ゴージャスなサービスもできない、こぢんまりとした春《はる》の屋旅館《やりょかん》は、静《しず》かな露天風呂《ろてんぶろ》と、おかみの気配《きくば》りによるきめこまやかなサービスが特長《とくちょう》だ。春《はる》の屋《や》からおかみがいなくなったら、黄身《きみ》のない目玉焼《めだまや》きみたいに味気《あじけ》ない旅館《りょかん》になってしまうだろう。

「あら、それなら、おかみさんをやってくれるお嫁《よめ》さんをもらえばいいのよ。うんときれいで気《き》のきいた女《おんな》の人《ひと》におかみさんをやってもらえれば、それもいいじゃない。」

「あー、そうか！」

おっこ自身《じしん》がおかみとして働《はたら》けないのは残念《ざんねん》な気《き》がするが、社長《しゃちょう》になってばりばり働《はたら》いて、きれいなお嫁《よめ》さんといっしょに春《はる》の屋旅館《やりょかん》を大《おお》きくするのもやりがいがありそうだ。おかみでなければ、着物《きもの》の着《き》くずれをつねに気《き》にしなくていいぶん気楽《きらく》かもしれない。

「……考《かんが》えたら、あたしも男《おとこ》の子《こ》に生《う》まれたほうがよかったかもしれないわ。」

「わたしだってそうね。男《おとこ》の子《こ》に生《う》まれてたら、世界中《せかいじゅう》を冒険《ぼうけん》してまわりたいわ。今《いま》だっていろんなところに行《い》ってみたいんだけど、女《おんな》の子《こ》が行《い》くと危険《きけん》だとか言《い》って、なかなか賛成《さんせい》してもらえないのよ。」

「冒険《ぼうけん》かあ！　いいわねえ、あたしも行《い》きたい！　男《おとこ》の子《こ》どうしだったら、いっしょに行《い》っていたかしら？」

「どうかしらね。男《おとこ》の子《こ》になったら、あなたって、もっとおおざっぱになって、後先考《あとさきかんが》えない無茶《むちゃ》をやりそうだし、いっしょに冒険《ぼうけん》するのは、考《かんが》えものね。」

「えー！　そんなあ！」

おっこが大《おお》きな声《こえ》をあげて、真月《まつき》のほうを向《む》いたそのはずみに、手《て》が真月《まつき》にぶつかった。

「あ！」

真月《まつき》の手《て》から、ブラシが落《お》ちた。

「ごめんなさい！」

おっこはブラシをひろおうとしゃがんだ。

その拍子《ひょうし》に、やはりブラシをひろおうと、先《さき》にかがんで手《て》をのばしていた真月《まつき》にどしんとぶつかった。

「きゃ！」「わっ！」

のけぞったおっこは、つい真月《まつき》の肩《かた》をつかんだ。それで、真月《まつき》といっしょに、鏡《かがみ》のほうにあおむけにたおれるかたちになった。

（鏡《かがみ》にぶつかる！）

おっこは、かたい鏡《かがみ》に頭《あたま》をぶつけることを覚悟《かくご》して、むぎゅっと口《くち》の中《なか》で歯《は》をくいしばった。

しかし、おっこはふわっと後《うし》ろにたおれた。

（……あれ？）

おっこは目《め》を開《あ》けた。完全《かんぜん》に天井《てんじょう》を向《む》いてゆかにひっくりかえっている。

おっこは、そろーっと体《からだ》を起《お》こした。後頭部《こうとうぶ》をおさえつつ、後《うし》ろを向《む》いたが、なぜだか背中《せなか》のほうに鏡《かがみ》がない。トイレのつきあたりのかべと窓《まど》が見《み》えた。

（ええ？　あたし、でんぐりがえっちゃったのかしら？　鏡《かがみ》はこっちじゃなかった？　今《いま》、どっち向《む》いてるんだろう？）

前《まえ》を向《む》いたらそこに鏡《かがみ》があった……かと思《おも》ったら、ちがった。

すわりこんでいる男《おとこ》の子《こ》が二人《ふたり》、すぐ目《め》の前《まえ》にいたのだ。

2　なんで、なにが、どうなってるの？

「えーっ！　ちょ、ちょっと！」

おっこはびっくりしてさけんだ。

「あ、あなたたち！　ここは女子《じょし》トイレよ！　男子《だんし》は来《き》ちゃだめよ！」

なんだかぼんやりしている感《かん》じの男《おとこ》の子《こ》二人《ふたり》にそう言《い》ったのだが。

その声《こえ》は、いつものおっこの声《こえ》ではなかった。みょうに低《ひく》くて、のどにつめ物《もの》でもしたような、ごそごそした声《こえ》だった。

（ん？　なんだろ？　あたし、かぜひいてる？）

おっこは自分《じぶん》ののどに手《て》をあてた。

すると、目《め》の前《まえ》の男《おとこ》の子《こ》……目《め》がくりくりと大《おお》きくて髪《かみ》がぼさぼさのほうの男《おとこ》の子《こ》もおっこのまねをするように、自分《じぶん》ののどに手《て》をやった。

(やだ、からかわれてるんだわ！)

おっこは、その二人組《ふたりぐみ》の男《おとこ》の子《こ》がじーっとこっちを見《み》ているうえに、女子《じょし》トイレに入《はい》ってきていることをあやまりもしないことに、だんだんはらが立《た》ってきた。

丸《まる》い目《め》の男《おとこ》の子《こ》は、こっちをにらみつけた。

おっこもにらみかえした。

すると、もう一人《ひとり》の男《おとこ》の子《こ》……オレンジとピンクと赤《あか》のボーダーシャツを着《き》たほうの、目《め》が大《おお》きくまつげの長《なが》い、なんともはでな顔《かお》をした男《おとこ》の子《こ》がすっと立《た》ちあがって言《い》った。

「あなたも立《た》ちなさいよ。」

その命令口調《めいれいくちょう》に、おっこはまたまたむかっときた。

「なんで、初《はじ》めて会《あ》った人《ひと》……それも女子《じょし》トイレに入《はい》りこんでるようなおかしな人《ひと》に命令《めいれい》されなきゃいけないの？」

思《おも》いきりどなったが、その声《こえ》は、またしてもぼわーんとくぐもって、ぜんぜんひびかない。

すると、となりにいた真月《まつき》が、おっこに手《て》を貸《か》して立《た》たせてくれた。

「真月《まつき》さん、ありがと……ん？」

おっこは、手《て》を取《と》っている相手《あいて》を見《み》て、かたまった。

オレンジとピンクと赤《あか》のボーダーシャツを着《き》て、こすぎるまつげときりっとしたまゆ、おっこよりもまだ頭《あたま》ひとつ高《たか》い身長《しんちょう》。目《め》の前《まえ》にいる、はでなほうの男《おとこ》の子《こ》とそっくりだ。

「関《せき》さん。これ、鏡《かがみ》よ。」

そのはでな少年《しょうねん》は、はっきりと言《い》った。

「鏡《かがみ》？」

「ほら。」

少年《しょうねん》に背中《せなか》をおされて、おっこは鏡《かがみ》に顔《かお》を近《ちか》づけた。

くりんと丸《まる》い目《め》をひっくりかえして、男《おとこ》の子《こ》もその浅黒《あさぐろ》い顔《かお》をよせてくる。

おっこが、右手《みぎて》をあげると、その男《おとこ》の子《こ》は左手《ひだりて》をあげた。しわだらけの青《あお》いチェックのシャツに、ひざのところが白《しろ》くなったジーンズをはいている。ポケットからは、タオルハンカチがくちゃくちゃになってはみだしていた。

「関《せき》さん、あなたも男《おとこ》の子《こ》になっちゃったみたいね。」

うでぐみをして、少年《しょうねん》が言《い》いはなった。

「えー！」

おっこは悲鳴《ひめい》をあげた。やはりいつもみたいに高《たか》くひびかない。

「なんで？　どうして？　ええー？　そ、そういえば、あたしと同《おな》じような服《ふく》だし、ええー？」

おっこは自分《じぶん》の手《て》を見《み》て、体《からだ》つきを見《み》て、顔《かお》をさわった。

「お、男《おとこ》の子《こ》だ！　本当《ほんとう》に男《おとこ》の子《こ》だわ！」

「でしょ。」

「じゃ、あなた真月《まつき》さん……？」

「ええ。そのようね。」

おっこは真月《まつき》をじーっと見《み》た。

男《おとこ》の子《こ》になった真月《まつき》は、よく見《み》るととっても女《おんな》の子《こ》の真月《まつき》ににていた。

どうしても「女王様体質《じょおうさまたいしつ》」が……いや、この場合《ばあい》「王子様体質《おうじさまたいしつ》」だろうか……が、にじ

みでてしまう、はなやかな顔立《かおだ》ち。毛先《けさき》までがきっちりとセットされた、アニメの登場人《とうじょうじん》物《ぶつ》のようなかんぺきな髪型《かみがた》。そしてフリルこそついていないけれど、どくとくの色《いろ》のセンスといかにも高価《こうか》そうに光《ひか》るアクセサリー……。すべてが真月《まつき》だった。

真月《まつき》のほうは、おっこのほうをまるで見《み》ていなかった。いろんな角度《かくど》の自分《じぶん》の顔《かお》を、鏡《かがみ》でたしかめるのに夢中《むちゅう》だったのだ。

「ねえ、真月《まつき》さん。あたしたち、どうしてこうなっちゃったのかしら……。」

「どうしてなんて、さっぱりわからないわよ。うーん、さすがわたしね。男《おとこ》の子《こ》になっても、なかなかかっこいいじゃない。」

真月《まつき》は鏡《かがみ》をコツンとこぶしでたたいた。

「かたいわ。ここにもう一度《いちど》入《はい》るのはもう無理《むり》みたいね。」

真月少年《まつきしょうねん》は、鏡《かがみ》にうなずくと、

「さ、こうしちゃいられないわ！」

と、出口《でぐち》に向《む》かって歩《ある》き出《だ》した。

「ま、真月《まつき》さん、どこ行《い》くの？」

「どこって、とりあえず、服《ふく》を買《か》いこまないと！　髪型《かみがた》も変《か》えたいわ。」

「教室《きょうしつ》にはもどらないの？」

「急《きゅう》に男《おとこ》の子《こ》になったわたしたちがもどったら、さわぎになっちゃうでしょ。」

「そ、それもそうだけど……。でも、このままでいいの？」

すると、真月《まつき》がちらっとおっこを横目《よこめ》で見《み》た。

「いいわけないけど。でも、どうしてこうなったかわからないってことは、どうしたらもとにもどれるかもわからないってことでしょ？　いくらなやんだり考《かんが》えたりしたって、むだってこと。それなら、男《おとこ》の子《こ》になったらしてみたかったことをどんどんしていったほうが、いいわよ。」

（さ、さすが真月《まつき》さん。ものすごく切《き》りかえが早《はや》いわ。）

「ま、待《ま》って！」

おっこは真月《まつき》のあとを追《お》いかけた。

「あたしも行《い》く！」

二人《ふたり》して、学校《がっこう》をこっそりぬけだした。

階段《かいだん》を大急《おおいそ》ぎでかけおりていたときは、あまり気《き》がつかなかったが、校門《こうもん》を出《で》るときに、その異変《いへん》に気《き》がついた。

「……なんだか、おかしくない？」

おっこは、気《き》がついたことを、真月《まつき》に伝《つた》えた。

「学校《がっこう》が……、いつもとちがうわ。ほら、見《み》て。」

校舎《こうしゃ》がずいぶん変《か》わっていた。

おっこたちが通《かよ》う学校《がっこう》は、ごくふつうの校舎《こうしゃ》。三階《がい》建《だ》てで屋上《おくじょう》があって、時計《とけい》台《だい》がまん中《なか》にある、茶色《ちゃいろ》い校舎《こうしゃ》のはずだった。だけれど、ふりかえって見上《みあ》げたら、時計台《とけいだい》がなくなっている。そこにはドームみたいな丸《まる》い屋根《やね》の塔《とう》が建《た》っていた。校舎《こうしゃ》も茶色《ちゃいろ》の壁《かべ》がみょうにてかてかしている。

それに、校庭《こうてい》の桜《さくら》の木《き》がいやに大《おお》きく枝《えだ》をのばしているかと思《おも》ったら、ウサギを飼《か》っている小屋《こや》がなくなっているし、鉄棒《てつぼう》もなくなっている。

「なんで？　学校《がっこう》が、おかしな変《か》わり方《かた》してる！　真月《まつき》さんたら！」

背中《せなか》をつついたら、真月《まつき》がおっこのほうをやっと見《み》てくれた。

「あれ、見《み》て。」

真月《まつき》の指《ゆび》さす方向《ほうこう》を見《み》ると、

「！」

雲《くも》をわりそうな高《たか》さの、見《み》たことのない高層《こうそう》タワーがにょきっと建《た》っていた。しかも壁面《へきめん》がピンク色《いろ》、てっぺんからラメをふりかけまぶしたようにキラキラしている。

そのタワーの壁《かべ》に虹色《にじいろ》にかがやく文字《もじ》がうきでた。

――秋好《しゅうこう》ビューティローズワールドにようこそ！

つぎつぎにあらわれては消《き》えるその文《ぶん》をおっことと真月《まつき》は、じーっと見《み》つめた。

「……あのタワーのあるところって、秋好旅館《しゅうこうりょかん》のあるあたり……よね？」

「ええ、そうみたいね。」

「秋好《しゅうこう》ビューティローズワールドって、もしかして秋好旅館《しゅうこうりょかん》の……こと？」

「そうでしょうね。なんだかわからないけど。」

これにはさすがに真月《まつき》も、顔《かお》をくもらせて胸《むね》をおさえた。

「わたしたちが、なぜだかわからないけど、男《おとこ》の子《こ》になっちゃったみたいに、学校《がっこう》や家《いえ》も

ティーローズタワーへようこそ

変《か》わっちゃったってことね。」

「え、と、ということは、春《はる》の屋旅館《やりょかん》も変《か》わっちゃってるってこと!?」

「その可能性《かのうせい》は高《たか》いわね。」

「ええぇ！　すぐにもどらなきゃ！」

おっこは、真月《まつき》をその場《ば》に置《お》いて、かけだした。

今度《こんど》は真月《まつき》がおっこのあとを追《お》いかけてきた。

二人《ふたり》して、競《きそ》うように通《かよ》いなれているはずのその道《みち》を必死《ひっし》で走《はし》った。

道《みち》の分《わ》かれめのところで、真月《まつき》がさけんだ。

「また会《あ》いましょう！　あとで連絡《れんらく》するわ！」

「わかったわ！　じゃあね！」

そう約束《やくそく》して、おっこは春《はる》の屋旅館《やりょかん》に急《いそ》いだ。

春《はる》の屋旅館《やりょかん》が近《ちか》くなるにつれ、どんどん不安《ふあん》がおしよせてきた。

もし、春《はる》の屋旅館《やりょかん》がものすごくヘンなことになっていたらどうしよう！　秋好旅館《しゅうこうりょかん》はピンクのタワーが建《た》っているぐらいで、さらに大《おお》きくはでになっているみたいだから、まだいいけれど、春《はる》の屋旅館《やりょかん》は？

(真月《まつき》さんはあたりクジ体質《たいしつ》だから、こういうわけのわからないときでも、さらに豪華《ごうか》になってるかもしれないけど、あたしははずれクジ体質《たいしつ》だもの！　も、もしかして春《はる》の屋旅《やりょ》館《かん》が消《き》えてなくなっていたりして！)

「まさか！」

おっこは、悪《わる》い想像《そうぞう》をふりはらうように大《おお》きく首《くび》を横《よこ》にふった。

春《はる》の屋旅館《やりょかん》の見《み》なれた塀《へい》が目《め》に飛《と》びこんできたとき、もう泣《な》きそうにうれしかった。

そこにあったのは、いつもの春《はる》の屋旅館《やりょかん》そのものだった。

きれいに手入《てい》れされている庭《にわ》には、ちゃんとつつじの花《はな》がさいているし、こぢんまりと落《お》ちついたたたずまいの旅館《りょかん》も、みんなそのままだ。

「おばあちゃん！」

旅館《りょかん》に飛《と》びこもうとしたときに、はっと足《あし》が止《と》まった。

見《み》たことのない看板《かんばん》が、玄関《げんかん》の横《よこ》にかかっていたのだ。

「……なにこれ？」

木《き》の板《いた》に、墨《すみ》で黒々《くろぐろ》と書《か》かれたその文字《もじ》を読《よ》んで、おっこは息《いき》が止《と》まりそうになった。

──**創業《そうぎょう》100年《ねん》・花《はな》の湯温泉一《ゆおんせんいち》の老舗《しにせ》！　春《はる》の屋旅館《やりょかん》**
「……創業百年《そうぎょうひゃくねん》って。だって、だって、そんなはずは……。」

おっこはいっしょうけんめい、おばあちゃんから聞《き》いた話《はなし》を思《おも》い出《だ》した。

（たしか、今創業《いまそうぎょう》四十四年《ねん》だったと思《おも》うけど。）

必死《ひっし》で計算《けいさん》していたら、青《あお》い作務衣《さむえ》を着《き》た渋茶色《しぶちゃいろ》の顔《かお》の老人《ろうじん》が、鼻歌《はなうた》を歌《うた》いながら、はだしに庭下駄《にわげた》をつっかけて表《おもて》に出《で》てきた。

「おー、織《おり》ノ助《すけ》、やけに早《はや》いな。学校《がっこう》、今日《きょう》は家庭生活演習《かていせいかつえんしゅう》の日《ひ》だったかな？」

なにを言《い》っているのかわからない。おっこはだまってかたまっていた。

（お、織《おり》ノ助《すけ》って、あたしのこと？）

「これを直《なお》しておかないとな。こういうのは正確《せいかく》でないといかん。」

老人《ろうじん》は、看板《かんばん》の「100年《ねん》」のところに紙《かみ》をはり、太《ふと》いペンで「104年《ねん》」に直《なお》した。

「こういうことをすると、またおかみにおこられるけどな。せっかくの看板《かんばん》に紙《かみ》なんかはってみっともない、なんて言《い》うんだ。でもな、今年《ことし》は創業《そうぎょう》百四年《ねん》なんだ。看板《かんばん》がみっともないことになるとか、そういうことよりも、この春《はる》の屋旅館《やりょかん》が百四年《ねん》もここでお客様《きゃくさま》に愛《あい》されているということが大事《だいじ》なんだ！　百年《ねん》よりも、もっと長《なが》くな！　ふははは！」

老人《ろうじん》はうでぐみをして、訂正《ていせい》をすませた看板《かんばん》をながめて笑《わら》った。

「これでよし！　だれかがこれをまたはがしたって、何回《なんかい》でもおれは訂正《ていせい》してやるぞ！」

おっこは、なんともこたえられなくて、ただその老人《ろうじん》の顔《かお》を見《み》た。

（この人《ひと》はだれ？　それに春《はる》の屋旅館《やりょかん》が本当《ほんとう》に創業《そうぎょう》百四年《ねん》？　だとしたら今《いま》は……。）

おっこは頭《あたま》の中《なか》でカレンダーを大量《たいりょう》にめくった。そして、ええっとさけびそうになった。

（ちょっと待《ま》って！　六十年先《ねんさき》の世界《せかい》に……、未来《みらい》に来《き》ちゃってるってこと？　ま、まさか！）

さっき見《み》た、おかしな学校《がっこう》の様子《ようす》、秋好旅館《しゅうこうりょかん》がピンク色《いろ》の高層《こうそう》タワーになっていたのも、六十年先《ねんさき》の未来《みらい》の世界《せかい》だから？

女子《じょし》トイレで、真月《まつき》と「男《おとこ》の子《こ》に生《う》まれてたらよかったのに！」なんて言《い》いあい、鏡《かがみ》の前《まえ》でぶつかってたおれただけで、どうして六十年後《ねんご》に飛《と》んでしまったのか？

おまけにどうして男《おとこ》の子《こ》になっているのか？

さっぱりわからない。おっこは頭《あたま》が真《ま》っ白《しろ》になった。

「……織《おり》ノ助《すけ》。じいちゃんの部屋《へや》で栗《くり》まんじゅう、食《く》うか？」

「うん！」

おっこは、栗《くり》まんじゅうと聞《き》いて、無条件《むじょうけん》に返事《へんじ》してしまった。

とにかくあまいものを食《た》べないと、これ以上《いじょう》はむずかしいことを考《かんが》えられない。

（よくわからないけど、この人《ひと》はこの男《おとこ》の子《こ》のおじいちゃんみたいだし、いい人《ひと》そうだからお部屋《へや》に行《い》ってもだいじょうぶよね。）

「じゃあ、裏《うら》から入《はい》ろう。おかみに見《み》つかったら、うるさいからな。織《おり》ノ助《すけ》だって、本当《ほんとう》はこんなに早《はや》く帰《かえ》ってきたの、おかみに見《み》つかりたくないだろう？」

「…………」

（なんだかわからないけど、そういうことにしておこう。）

無言《むごん》でうつむいたおっこの頭《あたま》を、おじいちゃんは笑《わら》ってなでた。

「ははは。元気《げんき》出《だ》せ。女《おんな》の子《こ》に評判《ひょうばん》が悪《わる》くったって、先生《せんせい》にしかられたって、死《し》ぬわけじゃない。おまえの気持《きも》ちはわかるよ。まったく今《いま》どきの女《おんな》ときたら！　自分《じぶん》たちのことを何様《なにさま》だと思《おも》ってるんだ！　なあ！　どいつもこいつも男《おとこ》を見下《みくだ》しとる！」

（……なんだろ。あたし、女《おんな》の子《こ》に評判《ひょうばん》悪《わる》い男《おとこ》の子《こ》ってこと？）

「さ、こっちこっち。静《しず》かにな。」

おっこは、おじいちゃんにさそわれて、春《はる》の屋《や》旅館《りょかん》の横手《よこて》に回《まわ》った。

はなれの様子《ようす》も、ほとんど変《か》わりがなかった。

（よかった。こっちもそのままだわ。）

おじいちゃんは、きしむろうかをそーっと歩《ある》くと、部屋《へや》のふすまを開《あ》けた。

（この部屋《へや》……。）

それは、はなれの空《あ》き部屋《べや》であり、仲居《なかい》のエツコさんが泊《と》まったり、たまにウリケンが泊《と》まったりしていた部屋《へや》だった。

（うわ……。この散《ち》らかりよう……！）

その部屋《へや》は、物《もの》であふれかえっていた。窓際《まどぎわ》のつくえはもともとあった座卓《ざたく》らしいが、ひどく黒《くろ》ずんで傷《きず》だらけになっている。

すごく古《ふる》い本《ほん》や雑誌《ざっし》が、あちこちにでたらめに積《つ》みあがっていたかと思《おも》うと、ブルーレイらしいケースが転《ころ》がっている。

つくえの上《うえ》には、タブレットが置《お》いてあるが、表面《ひょうめん》にほこりがつもっている。かべには小《ちい》さな額《がく》とひびの入《はい》った鏡《かがみ》がかかっていた。

(おじいちゃん、これ、ちょっとそうじしないとだめよ。)

言《い》いたいのをこらえた。女《おんな》の子《こ》の言葉《ことば》だとおかしいと思《おも》われるし、だいいち春《はる》の屋旅館《やりょかん》ではあるけれど、ここがどこで、本当《ほんとう》はいつで、目《め》の前《まえ》にいるのはだれなのか、はっきりわからないのに、なんとも言《い》えない。

おじいちゃんは、本《ほん》とざぶとんのあいだから、ごそごそと折《お》りたたみのテーブルをひっぱりだした。

「なかなか脚《あし》が出《で》んな！　えい！　えい！」

そうとう年代物《ねんだいもの》らしいそのテーブルの脚《あし》を出《だ》すのを、おっこは手伝《てつだ》った。

「いいかげん、そんな古《ふる》い物《もの》はすてなさいって、ばあさんもおかみも言《い》うんだが、なに、まだりっぱに使《つか》える。」

おじいちゃんは、やっと立《た》ったテーブルを、ばん！といきおいよくたたいた。すると、へなっとテーブルが、ひざを折《お》るようにかしいだ。

「……まあ、こういう手《て》がかかるのが古《ふる》い物《もの》の味《あじ》わいってもんだ。おかみなんかにゃ、わからないところだね。」

おじいちゃんは、ふわっふわっと、まったくめげた様子《ようす》もなく大声《おおごえ》で笑《わら》った。

（おじいちゃん……おばあさん……それにおかみがこの春《はる》の屋旅館《やりょかん》にいるんだわ。六十年《ねん》後《ご》、この人《ひと》たちが春《はる》の屋旅館《やりょかん》を経営《けいえい》してるんだ……。）

「ほら、いっぱいあるからたくさん食《た》べろ！」

おじいちゃんは、本棚《ほんだな》から、栗《くり》まんじゅうの入《はい》った紙箱《かみばこ》を取《と》り出《だ》した。箱《はこ》には「池月和《いけづきわ》菓子店《がしてん》ネオ」と書《か》いてある。

（あ！よりこちゃん家《ち》のお店《みせ》だわ！　よかった！　池月和菓子店《いけづきわがしてん》もこの世界《せかい》にあるんだ！）

「ありがとう……。」

おっこは、つやつやと光《ひか》っている大《おお》きな栗《くり》まんじゅうをひとつ、手《て》に取《と》った。ぱりぱりっといつもどおりに透明《とうめい》の包《つつ》み紙《がみ》をはがしたとたんに、すうっと紙《かみ》がとけて消《き》えてしまった。

「！」

おどろいていると、おじいちゃんは、やはり包《つつ》み紙《がみ》の消《き》えた自分《じぶん》の手《て》の中《なか》の栗《くり》まんじゅうをしみじみ見《み》つめて、こう言《い》った。

「まあな、こうやってはがしたとたんに、包《つつ》み紙《がみ》が勝手《かって》に消《き》えてくれるようになったのは、昔《むかし》よりもいいことだな。めんどくさくないし、ごみがへったしな。」

（えぇー！　食《た》べ物《もの》の包《つつ》み紙《がみ》が消《き》えちゃうの!?　すっごいそれ、便利《べんり》！）

おっこは、しきりに感心《かんしん》して、栗《くり》まんじゅうをいろんな方向《ほうこう》からながめた。

「食《く》わないのか？」

いつまでもまんじゅうの観察《かんさつ》をつづけるおっこに、おじいちゃんはけげんな顔《かお》をした。

「う、ううん。食《た》べるよ。いただきまーす。」

おっこは、栗《くり》まんじゅうにぱくっとかぶりついた。さらりと上品《じょうひん》なあんが舌《した》にとけ、いつものおなじみのやさしいあまさだ。

（ううーん。さすが池月和菓子店《いけづきわがしてん》。未来《みらい》になっても、おいしさが変《か》わらないわ！）

そう、思《おも》った瞬間《しゅんかん》。

ぷつぷつっ。

舌《した》に、ごく小《ちい》さいなにかのつぶがあたった。

「ん？」

すると、口《くち》いっぱいに、香《こう》ばしい焼《や》き栗《ぐり》の香《かお》りと味《あじ》が、ぱちぱちっ！とスパークした。

「ひゃっ！　なにこれ！」

おっこはさけんだ。

「栗《くり》が！　栗《くり》がはじけた！　ぱちぱちって！」

「ああ、これ、『ぱちぱち栗《くり》まんじゅう』だからな。最近《さいきん》、はやってるだろ。フレッシュな香《かお》りと味《あじ》がはじけるつぶが入《はい》ってるやつ。あれ？　織《おり》ノ助《すけ》、食《た》べたことなかったか？」

「ないよ。」

おっこは首《くび》を横《よこ》にふった。

「……でも、これ、すっごくおいしい！」

ぱちぱち栗《くり》まんじゅうの味《あじ》は、くせになりそうなおいしさだった。

「うまいよなあ、ぱちぱちシリーズは。さっきまで、昔《むかし》のものは味《あじ》があっていい、なんて言《い》ってたが、こういうニュータイプのまんじゅうを食《く》うときは科学《かがく》が進《すす》んでよかったな、なんて思《おも》うな。ま、人間《にんげん》なんて勝手《かって》なもんだ。ふわっふわっ！」

おじいちゃんが、また盛大《せいだい》に笑《わら》った。

「んー、しかし……。このケータイ茶《ちゃ》じゃ物《もの》たりん。めんどうでも、やっぱりきゅうすでちゃんといれたあついお茶《ちゃ》がほしいな。」

おじいちゃんは、いつのまに取《と》り出《だ》したのか、スマホほどのうすさのボトルをふって、中《なか》のお茶《ちゃ》らしき液体《えきたい》に顔《かお》をしかめた。

「待《ま》ってろ。じいちゃんがうまいお茶《ちゃ》をいれてきてやるからな。」

そう言《い》うとよっこいしょ、とつぶやいて立《た》ちあがり、部屋《へや》から出《で》た。

おっこは、おじいちゃんがいなくなると、あらためて部屋《へや》を見回《みまわ》した。

壁《かべ》の鏡《かがみ》の前《まえ》に立《た》った。もう一度《いちど》自分《じぶん》のすがたをたしかめたかったからだ。

鏡《かがみ》のほこりを、ポケットに入《はい》っていた、くちゃくちゃのタオルハンカチではらいおとした。

ひびの入《はい》ったその鏡《かがみ》にうつっている顔《かお》は、やっぱり男《おとこ》の子《こ》……織《おり》ノ助《すけ》の顔《かお》だった。

おっこは、がっかりしてしまった。もとの女《おんな》の子《こ》にもどってないか、ちょっと期待《きたい》していたのだ。思《おも》わず、はーっとためいきが出《で》る。

おっこは自分《じぶん》の顔《かお》を見《み》つめるのをやめて、鏡《かがみ》のすみずみまでふきはじめた。

(この真《ま》っ黒《くろ》になっているところ、もともとデジタル時計《どけい》だったんだわ。もうこわれちゃってるのね。こんなにひびが入《はい》って、しかも時計《とけい》もこわれているのにかざっているなんて、おじいちゃん、よっぽどこの鏡《かがみ》が好《す》きなのね……。)

ごしごしやっているうちに、鏡《かがみ》のふちに、小《ちい》さな文字《もじ》が書《か》いてあるのに気《き》がついた。ところどころ、かすれて読《よ》めないが、じーっと見《み》つめているうちに、ふいにその字《じ》が読《よ》めた。

「……きっさ……いさみ……。『喫茶《きっさ》いさみ』ですって!?」

おっこは、飛《と》びあがった。

この鏡《かがみ》は、たしかクリスマスデートのときに、遊《あそ》びにいったウリケンの部屋《へや》にあったものだ。

「これ……。これを持《も》ってるってことは……！　ひょっとして、あのおじいちゃんは……。」

おっこの頭《あたま》の中《なか》で、反《そ》っ歯《ば》でがたがたしている前歯《まえば》を見《み》せて、盛大《せいだい》に笑《わら》っているウリケンの顔《かお》と、おじいちゃんの顔《かお》が重《かさ》なった。

「ウ、ウリケン!?　今《いま》、七十二歳《さい》のウリケンってこと？」

ついおっこがさけぶと、ぶふふ！　と、笑《わら》い声《ごえ》が足元《あしもと》から聞《き》こえた。

「やっと気《き》がつきましたか？」

見《み》ると、そこには見《み》なれた赤土色《あかつちいろ》の顔《かお》があった。短《みじか》い角《つの》、短《みじか》い手足《てあし》、アニマル柄《がら》の腰《こし》巻《まき》。

おっこは、おどろいてさけんだ。

「す、鈴鬼《すずき》くん！　どうして？」

3　そういう世界《せかい》なの!?

「鈴鬼《すずき》くん、どうしてここにいるの？　ここはええと、六十年後《ねんご》の世界《せかい》なのよ!?」

「知《し》ってますよ。おっこさんがそろそろ来《く》るころだと思《おも》って、様子《ようす》を見《み》にきたんですよ。」

鈴鬼《すずき》が胸《むね》を張《は》って、そうこたえた。

「知《し》ってますよって……？　そろそろ来《く》るころって……？」

「待《ま》ってたんですよ。今日《きょう》、この時間《じかん》におっこさんが来《く》ることは、ぼくは六十年前《ねんまえ》から知《し》ってましたから。」

「六十年前《ねんまえ》から知《し》ってた……？」

「そう。おっこさんと真月《まつき》さんが学校《がっこう》のトイレで魔鏡《まきょう》に入《はい》りこんじゃったのを見《み》つけたときはおそかったんでね。もうひきもどせない以上《いじょう》は六十年《ねん》待《ま》つしかなかった。まあ、ぼくら鬼族《おにぞく》にとっては、六十年《ねん》なんて、そう長《なが》い期間《きかん》じゃないですからね。のんびりすごしていたら、あっという間《ま》だったんですが。」

「まきょう？　ひきもどせない……？」

おっこは頭《あたま》が混乱《こんらん》した。

「まあ、もう一度《いちど》そこにすわってください。説明《せつめい》しますから。」

ざぶとんをすすめられて、おっこはすとん、とおとなしく腰《こし》を下《お》ろした。

「おっこさんと真月《まつき》さんは、学校《がっこう》で図書室《としょしつ》の横《よこ》の女子《じょし》トイレに行《い》ったでしょう。」

「え、ええ。」

「今《いま》ごろ言《い》ってもおそいけど、あそこはあまり使《つか》わないほうがいいですよ。魔界《まかい》との通路《つうろ》がときどき開《ひら》いちゃうんです。」

「魔界《まかい》との通路《つうろ》……？」

「そう。春《はる》の屋《や》旅館《りょかん》もじつはすごく魔界《まかい》とつながりやすい場所《ばしょ》なんですが、ぼくがコントロールしてますしね。だからお客様《きゃくさま》が魔界《まかい》にすいこまれちゃう、なんてことはないんですが。」

神妙《しんみょう》な顔《かお》で、鈴鬼《すずき》がケータイ茶《ちゃ》をすすった。

「今回《こんかい》は鏡《かがみ》に通路《つうろ》ができていて魔鏡化《まきょうか》してました。鏡《かがみ》は、大《おお》きいものほど魔界《まかい》につながりやすいですしね。お二人《ふたり》はあの鏡《かがみ》の前《まえ》で転《ころ》んで、そのまま鏡《かがみ》の中《なか》に入《はい》ってしまった。つまり魔界《まかい》に行《い》く道《みち》に入《はい》りこんでしまったのです。」

「じゃあ、ここ、魔界《まかい》ってこと!?」

おっこの声《こえ》がひっくりかえった。

「いえ、魔界《まかい》ではありません。おっこさんと真月《まつき》さんは、おたがいに『男《おとこ》の子《こ》に生《う》まれていたらよかったのに！』『そのほうが、旅館《りょかん》の仕事《しごと》もやりやすかったかも。』って強《つよ》く思《おも》った。ちがいますか？」

「ちがわない。そのとおりよ。」

おっこは言《い》いきった。

「魔鏡《まきょう》というのは、その人《ひと》の願望《がんぼう》を受《う》けとります。だから、魔界《まかい》に行《い》くとちゅうから、二人《ふたり》の願望《がんぼう》のとおりの世界《せかい》に道《みち》を開《ひら》いてしまったのです。それが、六十年後《ねんご》。おっこさんと真月《まつき》さんの孫《まご》の代《だい》なら、二人《ふたり》の希望《きぼう》どおり男《おとこ》の子《こ》で生《う》まれ、どちらの旅館《りょかん》も健在《けんざい》です。」

茶

「……そうだったの！　織《おり》ノ助《すけ》くんはあたしの孫《まご》だったのね。ああ、たいへんなことしちゃったわ。」

「どうして？　お二人《ふたり》の希望《きぼう》どおりの世界《せかい》に来《こ》られたのに。」

鈴鬼《すずき》がふしぎそうに言《い》った。

「だって、あたしと真月《まつき》さんが自分《じぶん》の孫《まご》になっちゃってるんでしょ？　もとの世界《せかい》はどうなってるの？　行方不明《ゆくえふめい》になって、大《おお》さわぎになってるんじゃ？　それに、真月《まつき》さんの孫《まご》と織《おり》ノ助《すけ》くんの体《からだ》をあたしたちが使《つか》ってるってことは……、二人《ふたり》の中身《なかみ》はどうなってるの？」

「それはご心配《しんぱい》なく。魔界《まかい》の者《もの》を手配《てはい》して、世界《せかい》が混乱《こんらん》しないようにうまく取《と》りつくろいますから。それより、せっかく望《のぞ》みがかなったんですから、男《おとこ》の子《こ》の生活《せいかつ》を存分《ぞんぶん》に満喫《まんきつ》したらどうですか？　真月《まつき》さんみたいに。」

「真月《まつき》さん、満喫中《まんきつちゅう》なの⁉」

「真月《まつき》さんの孫《まご》は亜月《あつき》くんっていうんです。だから今《いま》は真月《まつき》さんは、亜月《あつき》くんです。おっこさんも未来《みらい》の世界《せかい》と男子生活《だんしせいかつ》をお楽《たの》しみください。」

鈴鬼《すずき》がそう言《い》って壁《かべ》をぬけて出《で》ていこうとしたのを、おっこは必死《ひっし》でひきとめた。

「ま、待《ま》って！　あたしたちいつ帰《かえ》れるの？」

「……帰《かえ》ることを考《かんが》えるより、ここでくらすことを考《かんが》えたほうが幸《しあわ》せかもですよ？」

「え、ええ？」

さらに質問《しつもん》しようとしたおっこに背《せ》を向《む》けて、鈴鬼《すずき》はさっと壁《かべ》の向《む》こうにすがたを消《け》した。

目《め》の前《まえ》の箱《はこ》いっぱいにあった、ぱちぱち栗《くり》まんじゅうは、ひとつ残《のこ》らず消《き》えていた。

（鈴鬼《すずき》くん……。六十年《ねん》たっても、こういうせこくて食《く》い意地《いじ》がはっているところは、ちっとも変《か》わらないのね。）

おっこは空箱《からばこ》をひっくりかえしてためいきをついた。

「……どうしよう。このまま男《おとこ》の子《こ》の生活《せいかつ》なんて……。できるかな。」

つぶやいたとき、がらっとふすまが開《あ》いた。ウリケンじいちゃんがもどってきたのだ。

ウリケンじいちゃんは、手《て》にきゅうすと湯《ゆ》ののった盆《ぼん》を持《も》ち、足《あし》の指《ゆび》でふすまを器用《きよう》に閉《し》めた。

「聞《き》いたぞ、織《おり》ノ助《すけ》。おまえそんなに男《おとこ》に生《う》まれたのがいやなのか。」

とてもきびしい顔《かお》つきだった。

「いやってわけじゃないけど。その……。」

おっこはこまってしまった。

（どう説明《せつめい》したらいいのかな……。言《い》っても信《しん》じてもらえないかも。）

「そりゃな。こんな時代《じだい》が来《く》るなんて、だれも思《おも》っていなかったよ。男《おとこ》にとってはじつにやりにくい。女《おんな》は自分《じぶん》たちのことをもっと大事《だいじ》にしろと言《い》わんばかりに、どいつもこいつも女王様気取《じょおうさまきど》り。男《おとこ》は小《ちい》さくなってあごでこきつかわれておる。まったく、なさけないかぎりだ。」

しぶい顔《かお》で湯《ゆ》のみのお茶《ちゃ》を味《あじ》わいつつ、ウリケンじいちゃんが言《い》った。

（い、今《いま》って、そんな時代《じだい》なんだ！）

おっこは目《め》を丸《まる》くして、ウリケンじいちゃんの話《はなし》に聞《き》きいった。

「それもこれも、女《おんな》の数《かず》がへってしまって、男《おとこ》がわんさとあまるようなことになったからなあ。おれとばあさんが織《おり》ノ助《すけ》ぐらいのときは、そうじゃなかった。しかし、今《いま》じゃ、女《おんな》の子《こ》が生《う》まれただけで、それがニュースになる。こういう世《よ》の中《なか》で、男《おとこ》らしく生《い》きろというのは、ひょっとしたら時代《じだい》に合《あ》わないことかもしれん。しかし、しかしだな！」

だんだん自分《じぶん》の話《はなし》に興奮《こうふん》してきたウリケンじいちゃんが、どん！とたたみをたたいた。

「男子《だんし》たるもの、誇《ほこ》りを失《うしな》ってはいかん！　男《おとこ》は男《おとこ》らしく！　女《おんな》のきげんを取《と》ることばかりに必死《ひっし》になり、女《おんな》のいいなりになるようでは日本《にっぽん》はほろびるぞ！」

「ええ？　そ、そうなの？　どうしよう！」

するとウリケンじいちゃんが、ぐいっとおっこを見《み》すえた。

「おまえ、言葉《ことば》づかいが女《おんな》みたいになってないか？　それに、なんだ。その女《おんな》っぽいすわり方《かた》は。もっと男《おとこ》らしい態度《たいど》を取《と》りなさい。」

言《い》われておっこはあわてて、正座《せいざ》をくずした横《よこ》ずわりをやめた。

「男《おとこ》らしい態度《たいど》？」

「そうだ。まず姿勢《しせい》よくすわり、はらから声《こえ》を出《だ》せ。あぐらをかいてもかまわん。」

「は、はい！」

おっこは、ウリケンじいちゃんのまねをしてすわりなおした。

「男《おとこ》はどうしようとか、こまったなあとかすぐに言《い》わない。どんな事態《じたい》もいたしかたないと、あわてずさわがず、ぐっとのみこみ、はらをすえる。」

「はい。」

「どんなときでも落《お》ちついて、しかし判断《はんだん》はすばやく。一度《いちど》決《き》めたらやりとおす。そういう男《おとこ》らしいすがたを見《み》たら、女《おんな》の子《こ》は勝手《かって》についてくる。」

「はい！」

「いいぞ。その調子《ちょうし》だ。」

ウリケンじいちゃんが、うれしそうに笑《わら》ったそのとき、

「お義父《とう》さん、お義父《とう》さん！」

ふすまの向《む》こうから、よびかける声《こえ》があった。

「なんだ？　碧夫《みどりお》くん。」

すると、ふすまがそーっと開《あ》いて、細面《ほそおもて》に、太《ふと》いフレームのめがねがやけに似合《にあ》う、きゃしゃな男《おとこ》の人《ひと》が顔《かお》をのぞかせた。

「おかみが……そのう、すごくおこってます。お義父《とう》さんが、ぱちぱち栗《くり》まんじゅうの箱《はこ》

を持《も》っていったって……。あれはお客様《きゃくさま》におみやげにするつもりでおかみが用意《ようい》したものだったらしいです。」

「なんじゃ、てっきりいただきものだと思《おも》った。このとおり食《く》ってしまった。」

ウリケンじいちゃんは、空箱《からばこ》を碧夫《みどりお》というめがねの男《おとこ》の人《ひと》につきだした。

「あ、それ、そのう、ええと。あたし……ぼ、ぼくが食《た》べちゃって。ごめんなさい。」

おっこはあわててあやまった。

すると、碧夫《みどりお》さんは、めがねのおくでにこっと目《め》を細《ほそ》めた。

「織《おり》ノ助《すけ》がみんな食《た》べちゃったのかい。ずいぶん食欲旺盛《しょくよくおうせい》なんだな。」

「お、おなかがすいちゃって。」

「うん。それなら、こうしよう。今《いま》すぐ、池月和菓子店《いけづきわがしてん》ネオに行《い》って、同《おな》じものを買《か》ってきてくれ。ちゃんとのし紙《がみ》もつけて、きれいに包装《ほうそう》してもらうんだ。お父《とう》さんが、知《し》らん顔《かお》してお母《かあ》さんにわたしておくから。」

その言葉《ことば》で、おっこはこのやさしいめがねの男《おとこ》の人《ひと》が、織《おり》ノ助《すけ》のお父《とう》さんだとわかった。

「ほら、このお金《かね》で買《か》ってきておくれ。ついでにおじいちゃんと織《おり》ノ助《すけ》が食《た》べたいおやつも少《すこ》しなら買《か》ってきてもいいぞ。」

「碧夫《みどりお》くん、そんなことをしなくてもいいぞ。」

「いえいえ、こうしておけば丸《まる》くおさまって、おかみにお義父《とう》さんや織《おり》ノ助《すけ》にがみがみ言《い》わせないですみますから。おかみは近《ちか》ごろとくにいそがしくていらいらしてますからね。あまり疲《つか》れさせたくないんですよ。」

「おかみとはいえ、自分《じぶん》の嫁《よめ》だろ。そこまで気《き》をつかわなくってていいじゃないか！」

「いえ、ぼくは夫《おっと》ですが、番頭《ばんとう》でもあります。おかみがいらいらしたら旅館全体《りょかんぜんたい》の空気《くうき》が悪《わる》くなりますよ。だから、おかみが気持《きも》ちよくすごせるように心《こころ》がけるのも仕事《しごと》のひとつだと思《おも》っています。」

「そうは言《い》ってもだな！」

今度《こんど》はウリケンじいちゃんに碧夫《みどりお》さんがしかられそうな空気《くうき》になった。おっこは、この碧夫《みどりお》さんがとても気《き》の毒《どく》になってきた。

「ぼく、お母《かあ》さんにあやまりにいくよ。」

おっこは、立《た》ちあがった。

「碧夫《みどりお》さ……お父《とう》さんがうそまでつくことないよ。ぼくが、食《た》べたってあやまるから。だって、ごまかしてばかりいたら、気《き》まずくなるし、結局《けっきょく》、春《はる》の屋旅館《やりょかん》のためにならないよ。おこられたって本当《ほんとう》のことを言《い》ったほうがすっきりするし、わだかまりも残《のこ》らないと思《おも》うし……。」

おっこは、かつて、おばあちゃんの大事《だいじ》な花《か》びんをわってずっとかくしていたときの苦《くる》しさ、しかもそれをエツコさんにかばってもらってごまかしていたときの後《うし》ろめたさを思《おも》い出《だ》しながら、そう言《い》った。

そのときおっこは、いつばれるかという緊張感《きんちょうかん》で、なにを食《た》べても味《あじ》がしなかった。

「かくしごとをしていると、おやつやごはんの味《あじ》もわからなくなる。あたし……ぼくは、そういうのはいやなんだ。ぼくはいつもおいしく食《た》べたい！」

すると、おっこの言葉《ことば》をじっと聞《き》いていたウリケンじいちゃんが、ひざをたたいて言《い》った。

「えらい！　男《おとこ》らしいぞ！　織《おり》ノ助《すけ》！」

「……え、そう？　あたし……ぼく、男《おとこ》らしい？」

「ああ、男《おとこ》らしいとも。おれが悪《わる》かった、織《おり》ノ助《すけ》よ。じいちゃんがもともとまちがって箱《はこ》を持《も》ってきておまえに食《た》べさせたんだ。じいちゃんがちゃんとあやまるべきだったんだ。おまえはあやまらなくてもいい。」

ウリケンじいちゃんが、すっくと立《た》ちあがった。

すると、碧夫《みどりお》さんが、肩《かた》をふるわせてうつむいた。

「ぼくは……はずかしいです。」

「どうしたんだ！　碧夫《みどりお》くん。」

「織《おり》ノ助《すけ》にぼくは……教《おし》えられたような気《き》がします。いつもこうやって、おかみともめごとを起《お》こさないように気《き》をつかって……。それが自分《じぶん》の役目《やくめ》だとも思《おも》っていましたし。でもそれじゃ、いけませんでした。ちゃんと本当《ほんとう》のことや、伝《つた》えるべきことは言《い》わないといけないんだ。だって家族《かぞく》なんだから。それに春《はる》の屋旅館《やりょかん》のためにも。」

碧夫《みどりお》さんはめがねをはずして、ごしごしと、はっぴのそでで涙《なみだ》をぬぐった。

「おお、そのとおりだ。織《おり》ノ助《すけ》、おまえ、そんなに春《はる》の屋旅館《やりょかん》のことを考《かんが》えてくれていたんだな。どうせ、こんなボロ旅館《りょかん》にお嫁《よめ》に来《き》ておかみになってくれる女《おんな》の子《こ》なんかいないってふてくされていたのに……。じいちゃんはおまえを見直《みなお》したぞ！　おまえはいつのまにか、こんなにも男《おとこ》らしく成長《せいちょう》していたんだな。」

ウリケンじいちゃんはおっこの頭《あたま》をがしがしっとなでた。

「……そ、そうかな、あたりまえだと思《おも》うことを言《い》っただけなんだけど……。男《おとこ》らしい？」

「ああ。」「そうだとも。」

ウリケンじいちゃんと碧大《みどりお》さんが同時《どうじ》にうなずいた。

「すいませーん。だんなさん、大《おお》だんなさあん！」

ふすまが開《あ》いて、作務衣《さむえ》を着《き》た金髪《きんぱつ》のおにいさんがあらわれた。

見《み》ると胸《むね》のところに名札《なふだ》がついている。

（「仲居《なかい》・ルイ佐久間《さくま》」って、ええ？　仲居《なかい》さんを男《おとこ》の人《ひと》が？）

一瞬《いっしゅん》おっこはものすごくおどろいた。しかし、はっと気《き》がついた。

（あ、そうか。女《おんな》の人《ひと》が少《すく》ない世《よ》の中《なか》だから、仲居《なかい》さんも男《おとこ》の人《ひと》がやっているんだわ。）

ふわふわした金髪《きんぱつ》に、グリーンの瞳《ひとみ》のルイくんは、こう言《い》った。

「あのー、おかみさんが言《い》ってまあす。もー、お客様用《きゃくさまよう》のぱちぱち栗《くり》まんじゅうはお店《みせ》からとっくにとどけてもらったから、だんなさんはさっさと仕事《しごと》にもどってくださいって！　大《おお》だんなさんは、かなりおなかいっぱいでしょうから、夕《ゆう》ごはんはかなりおそくしますですってー。」

へ？　と、三人《にん》がかたまった。

すると、旅館《りょかん》とはなれをつなぐわたりろうかをだれかがばたばた！とかけてくる勇《いさ》ましい足音《あしおと》が聞《き》こえてきた。

「ルイくん！　お客様《きゃくさま》がチェックアウトよ！　早《はや》く来《き》てっ！　それに外《そと》の看板《かんばん》のくだらない紙《かみ》をはずしてきれいにしてくださいね！」

きーんとひびくとんがったおかみの声《こえ》に、ルイくんは、はーい、と素直《すなお》に返事《へんじ》して、走《はし》っていってしまった。残《のこ》された三人《にん》は、しーんと気《き》まずくうつむいた。

「……あ、あのう。」

おっこは言《い》った。

「秋好旅館《しゅうこうりょかん》に遊《あそ》びにいってくるよ。真月《まつき》さ……いや亜月《あつき》くんと約束《やくそく》してるから。」

「あ、ああ、行《い》きなさい。」

「行《い》っておいで。」

ウリケンじいちゃんと碧夫《みどりお》さんに見送《みおく》られ、おっこは裏口《うらぐち》から飛《と》び出《だ》したのだった。

4 このまま帰《かえ》れないってこと!?

秋好旅館《しゅうこうりょかん》の前《まえ》に立《た》ち、おっこは息《いき》をのんだ。

「う、わー……。」

あのピンク色《いろ》の高層《こうそう》タワーを見《み》ていたから、きっと秋好旅館《しゅうこうりょかん》はすごく大《おお》きくなっていることだろうと思《おも》っていたけれど、大《おお》きくなっているどころではなかった。

まるで原形《げんけい》がなかったのだ。

「……遊園地《ゆうえんち》?」

おっこはピンク色《いろ》にかがやく正面《しょうめん》ゲートの前《まえ》でかたまった。

ゲートの前《まえ》には、案内《あんない》カウンターがあり、バラのプリントのシャツを着《き》たきれいなおねえさん……ではなく、おにいさんたちがならんですわっていた。

（仲居《なかい》さんだけじゃなくって、受付《うけつけ》の人《ひと》もみんな男《おとこ》の人《ひと》なんだ……。）

ピンクのジャケットに「ビューティゲートチーフ・沢木《さわき》」の名札《なふだ》をつけた、髪《かみ》が長《なが》くて背《せ》の高《たか》いおにいさんがすすっとよってきて、笑顔《えがお》で聞《き》いてきた。

「いらっしゃいませ。秋好《しゅうこう》ビューティローズワールドにようこそ！　今日《きょう》はどちらのゾーンをご希望《きぼう》ですか？」

「ゾ、ゾーンですか……。」

おっこは言葉《ことば》を失《うしな》った。

「どちらのゾーンにいらっしゃるか、お決《き》まりでないのですね？　では、ご説明《せつめい》をいたします。」

おにいさんが、さっと手《て》をあげると、カウンターの上《うえ》のモニターにぱっと、館内《かんない》の画像《がぞう》があらわれた。

「まずはスパゾーン。お肌《はだ》と健康《けんこう》によい天然温泉《てんねんおんせん》に二十四時間《じかん》、お入《はい》りになれます。バラ庭園《ていえん》のローズ露天大浴場《ろてんだいよくじょう》をぜひお楽《たの》しみください。ビューティゾーンでは、フェイス、ボディ、ヘア、ネイルなど全身《ぜんしん》のお手入《てい》れをさせていただきます。ビューティローズカフェでは、美《び》と健康《けんこう》にいい、ローズデザートとお飲《の》み物《もの》をご用意《ようい》させていただいております。

またショッピングゾーンでは各種《かくしゅ》……。」

流《なが》れるような説明《せつめい》を、おっこは必死《ひっし》で止《と》めた。

「ええと、秋野《あきの》さんのお家《うち》にはどうやったら行《い》けますか？」

「秋野《あきの》さん？　秋野社長《あきのしゃちょう》のことでしょうか？」

沢木《さわき》チーフの笑顔《えがお》が、微妙《びみょう》に変化《へんか》した。

「あ、あのう真月《まつき》さん……。」

「真月《まつき》さん？」

「いや、ええと亜月《あつき》さんです！　ぼくはええと……亜月《あつき》さんと同《おな》じ学校《がっこう》に通《かよ》っている、お、織ノ助《おりのすけ》っていいます！」

「ああ、若様《わかさま》の学校《がっこう》のお友《とも》だちですか！」

沢木《さわき》チーフがにこり、と笑《わら》って、カウンターのおにいさんの一人《ひとり》に、なにかささやいた。

「今《いま》、ご自宅《じたく》のほうに連絡《れんらく》いたしますのでお待《ま》ちください。」

イヤフォンマイクをつけたカウンターのおにいさんが、言《い》った。

「亜月様《あつきさま》は今《いま》、オーベルジュのほうにいらっしゃいますので、織《おり》ノ助《すけ》さんにロビーのほうに来《き》ていただきたいとのことです。」

「おーべるじゅって……?」

「秋好《しゅうこう》ビューティローズワールドの会員《かいいん》のかたのみがお泊《と》まりになれます、お料理《りょうり》を楽《たの》しんでいただくホテルです。秋野社長《あきのしゃちょう》のご自宅《じたく》はそこにつながっています。ご案内《あんない》いたします。」

沢木《さわき》チーフに連《つ》れられて、ビューティローズワールドの中《なか》に入《はい》った。

正面《しょうめん》ゲートを入《はい》ると、アクセサリーや小物《こもの》など、ビューティローズワールドグッズの店《みせ》や、みやげ物屋《ものや》がずらっとならんだ広《ひろ》い通《とお》りがあり、通《とお》りの向《む》こうには壁一面《かべいちめん》にバラの花《はな》の絵《え》が出《で》たり消《き》えたりするお城《しろ》が見《み》えた。学校《がっこう》から見《み》えたピンクのタワーは、さらにそのおくにそびえたっている。

あまりの広大《こうだい》さ、はなやかさに目《め》がくらみそうだった。

秋好旅館《しゅうこうりょかん》もずいぶん広《ひろ》くて、そのお庭《にわ》だけでも春《はる》の屋旅館《やりょかん》がいくつも建《た》てられるような敷地《しきち》だったが、もうこうなるとそんな規模《きぼ》ではない。

「こちらにお乗《の》りになってください。」

すごく小《ちい》さな二人乗《ふたりの》りの、カジュアルな車《くるま》に乗《の》り、オーベルジュ秋好《しゅうこう》……バラもようが十秒《びょう》に一回壁面《かいへきめん》にうきでるお城《しろ》につくまで七分《ふん》かかった。

ロビーにおそるおそる足《あし》をふみいれると、きらびやかなその建物《たてもの》にもおどろいたが、そこにむれている女《おんな》の人《ひと》たちのゴージャスさに圧倒《あっとう》された。

(お、お客様《きゃくさま》たちだわ！　すごい！)

どの女《おんな》の人《ひと》も、レースがふりふりと全身《ぜんしん》をおおっていたり、キラキラジュエリーが宝石《ほうせき》箱《ばこ》のようにぬいつけられた、真《ま》っ赤《か》なドレスを着《き》ている。それに首《くび》がかたむきそうな大《おお》きなリボンで髪《かみ》をかざったり、花束《はなたば》をかかえたような花《はな》だらけのバッグをさげていたりするが、それらもみんな熟《じゅく》したいちごのようにあざやかな紅色《べにいろ》だった。

(な、なんだろう。あの人《ひと》たちの着《き》てるものって、みんな真月《まつき》さんの服《ふく》にすごくにてるんだけど。それにみんな全身真《ぜんしんま》っ赤《か》だし……。)

ながめていると、女《おんな》の人《ひと》たちがいっせいに立《た》ちあがってさけびだした。

「亜月《あつき》くんだわ！」
「亜月《あつき》くん！　きゃあっ！」
「やっとお会《あ》いできたわ！」

たれ幕《まく》のようにひだの多《おお》いカーテンが開《ひら》いて、おくからあらわれたのは、亜月《あつき》の真月《まつき》だった。

真月《まつき》はさっき別《わか》れたときと、髪型《かみがた》も服《ふく》もすでにちがっていた。

「みなさま、ようこそいらっしゃいました。本日《ほんじつ》はお泊《と》まりいただきましてありがとうございます。」

真月《まつき》は、ロングブーツに細身《ほそみ》のパンツ、胸《むね》にたっぷりフリルをたくわえた白《しろ》いシャツの上《うえ》に、金《きん》のかざりがついているロングジャケットを着《き》ていた。まるで王子様《おうじさま》か貴族《きぞく》の若様《わかさま》のような衣装《いしょう》が、真月《まつき》には、ふだん着《ぎ》のようにぴったりと合《あ》っていた。

「すてきだ！　当社《とうしゃ》のブランド、『ローズムーン』のものを着《き》てくださってるんですね。ありがとうございます。みなさま、あまりにもはなやかで、まぶしいばかりです。」

真月《まつき》がそう言《い》って、女性客《じょせいきゃく》をほめると、全員《ぜんいん》がとてもうれしそうに笑《わら》いあった。

（さ、さすが真月《まつき》さん！　完全《かんぜん》に男《おとこ》の子《こ》になりきってるし、もうがっちりお客様《きゃくさま》の心《こころ》をつかんでいるわ。）

「みなさまどうぞ、今夜《こんや》はルージュプランをごゆっくりお楽《たの》しみください。」

「亜月《あつき》くんが考《かんが》えた新《あたら》しいプランなんでしょ？　もう、すぐに申《もう》しこんじゃったわ。」

「ありがとうございます。このバラのように真紅《しんく》のイメージなんです。大人《おとな》の女性《じょせい》に喜《よろこ》んでいただける、しっとりと落《お》ちついた華麗《かれい》さがあるすてきなプランはないかと思《おも》いまして、いっしょうけんめい考《かんが》えたんですよ。」

真月《まつき》がにこっと笑《わら》って、ロビーの大《おお》きな花《か》びんいっぱいにいけられた紅《べに》バラを指《ゆび》さした。そのしぐさに、女性客《じょせいきゃく》がまたうっとりと見《み》とれた。

「亜月《あつき》くんを見《み》てると、もうそれだけで癒《い》やされるわー。」

「本当《ほんとう》よ！　今《いま》の世《よ》の中《なか》、素直《すなお》にすてきって言《い》えるような男性《だんせい》は、芸能人《げいのうじん》でもなかなかいないわよね。」

女性客《じょせいきゃく》にあまりにほめられるので、真月《まつき》はさすがにこまった顔《かお》になった。

「ぼくはただ、おしゃれを楽《たの》しみ、家《いえ》の仕事《しごと》をがんばってるだけですよ。自分《じぶん》の好《す》きなことをやってるだけだと思《おも》いますが。」

「ああー、きぜんとした態度《たいど》！　品《ひん》があるわー。かっこいい！」

「今《いま》の世《よ》にめずらしい、王子様《おうじさま》よねえ。今《いま》って、男《おとこ》は数《かず》ばっかりふえちゃってさ。だいたいが、気《き》が弱《よわ》くてびくびくしてるのか、ヘラヘラして調子《ちょうし》がよすぎるのか……。」

「そうそう。そうでなければ、ぼやーっとしてなにも考《かん》えてないのとかね。」

そう言《い》いながら、じろっと女性客《じょせいきゃく》が、おっこをにらんだ。

おっこは、その目《め》つきのあまりのするどさに、ちぢみあがった。

(こわっ！　な、なんか、ワシとかトラみたい！)

すると、真月《まつき》がおっこを見《み》つけて、やあ、と手《て》をあげた。

「織ノ助《おりのすけ》くん！　よく来《き》てくれたね。」

「ま、亜月《あつき》くんのお友《とも》だちなの？」

「はい。彼《かれ》はこう見《み》えても花《はな》の湯温泉《ゆおんせん》一《いち》の老舗《しにせ》、春《はる》の屋旅館《やりょかん》のあととりですよ。彼《かれ》とは、温泉旅館経営《おんせんりょかんけいえい》についていっしょに話《はな》しあったりしています。」

真月《まつき》がそう言《い》っただけで、女性客《じょせいきゃく》のおっこを見《み》る目《め》がとたんに変《か》わった。

「まあー、そうなの！　こんにちは！」

「へええ。亜月《あつき》くんに、こんなボケッとした……ううん、素朴《そぼく》なお友《とも》だちがいるなんて意《い》外《がい》だわー。」

「こんな子《こ》と遊《あそ》んでるなんて、亜月《あつき》くん、かわいいわ。やっぱり小学生《しょうがくせい》なのね。」

「じゃあ、織《おり》ノ助《すけ》くん、ぼくの部屋《へや》に行《い》こう。みなさま、またのちほど。」

真月《まつき》がおっこのうでをつかんで、早足《はやあし》でロビーのおくにひっぱっていった。

カーテンの向《む》こうは、秋野家《あきのけ》の自宅《じたく》に通《つう》じる通路《つうろ》になっていた。

「ここのろうかって、見覚《みおぼ》えあるわ。」

「そうでしょ。オーベルジュが秋好旅館《しゅうこうりょかん》を全面改装《ぜんめんかいそう》したもので、そのうらの自宅《じたく》は前《まえ》の形《かたち》をできるだけ残《のこ》したみたいよ。」

「へええ。じゃ、真月《まつき》さんの部屋《へや》もそのまま？」

「そうね。まあ亜月《あつき》くんにとっては、大好《だいす》きなおばあさまが子《こ》ども部屋《べや》に使《つか》っていた部屋《へや》をゆずりうけたということになるけどね。おばあさまはニースに旅行中《りょこうちゅう》だそうよ。で、関《せき》さん、あなたのほうのおばあさまはどうしていたの？」

「は？」

話《はなし》が見《み》えなくて、おっこは聞《き》きなおした。

「おばあさまって、おばあちゃんのこと？　いくらおばあちゃんが元気《げんき》でも六十年後《ねんご》にはさすがにいないと思《おも》うわ。」

「なにを言《い》ってるのよ。そうじゃなくってあなた自身《じしん》のことよ。六十年後《ねんご》の。」

「あたし？　六十年後《ねんご》の？　さっきウリケンには会《あ》ったわ。もう食《く》いしん坊《ぼう》の意地《いじ》っぱりで、部屋《へや》は散《ち》らかったまま！　おじいちゃんになってもぜんぜん変《か》わってなかったわ！」

けらけらと笑《わら》うおっこに、まあ！と真月《まつき》が目《め》をむいた。

「じゃあ、あなた、ウリケンさんと結婚《けっこん》したのね。」

おっこは、へ、と目《め》を大《おお》きく見開《みひら》いた。

「だって、そうなるじゃない。春《はる》の屋《や》旅館《りょかん》におじいさんになったウリケンさんがいて、織《おり》ノ助《すけ》くんが孫《まご》なんでしょう？　ということは、あなたと結婚《けっこん》して、ウリケンさんが春《はる》の屋《や》旅館《りょかん》を手伝《てつだ》ってくれたのよ。……まさか、あなた、今《いま》まで気《き》がつかなかったの⁉」

「……じゃあ、そうか。春《はる》の屋《や》旅館《りょかん》の大《おお》おかみのばあさんって、つまりは……。」

「あなたのことよ。六十年後《ねんご》なんだから、おばあさんになっているでしょ。あなた自身《じしん》には会《あ》ったの？」

「……会《あ》ってないわ。でも春《はる》の屋《や》旅館《りょかん》で元気《げんき》にしてるみたい。そうか、大《おお》おかみはおばあさんになったあたしなんだ……。」

自分《じぶん》が男《おとこ》の子《こ》になって、六十年後《ねんご》の未来《みらい》の世界《せかい》にいて、おまけに年寄《としよ》りになった自分《じぶん》がすぐそばにいる……。おっこはなんとも言《い》えないおかしな気持《きも》ちになって、頭《あたま》をかかえた。

「ま、やっとそのことに気《き》がついたのね！　あなたらしいわ。おばあさまになっているわたしのほうは、もうほとんど会社《かいしゃ》は娘夫婦《むすめふうふ》にまかせてしょっちゅう海外《かいがい》にいるんですって。だから残念《ざんねん》ながら、おばあさまになったわたしにはまだ会《あ》ってないの。」

「そうなのね。あたしは春《はる》の屋旅館《やりょかん》に帰《かえ》ればあたしに会《あ》えるのか……。」

（ああ、なんか、でも、おばあさんになったあたしに会《あ》うのって、ふくざつな気持《きも》ちだわ。会《あ》うのがこわいなあ。おばあちゃんみたいにすてきなおばあさんになって、りっぱな大《おお》おかみになってるかな？　でもそうじゃないかもしれないし……。）

おっこは胸《むね》がもやもやしてしまった。

「……自分《じぶん》に会《あ》うのって、勇気《ゆうき》がいるわあ……。会《あ》わないほうがいいかも。」

つぶやくと、真月《まつき》がくすん、と鼻《はな》を鳴《な》らして笑《わら》った。

「あなたっておかしなことでなやむのね。そんな、今考《いまかんが》えてもどうにもならないようなことでなやんでもしょうがないじゃないの。結果《けっか》が変《か》わるわけじゃないでしょ？」

「それはそうだけど、もし、ものすごーく感《かん》じの悪《わる》いおばあさんになってたりしたら、いやじゃない？」

「あはは！　それはそれでしかたないわね！」

二人《ふたり》で笑《わら》いながら、亜月《あつき》の部屋《へや》に入《はい》った。

「わ！　このソファ、すごくすわり心地《ごこち》がいい！　やさしく包《つつ》みこまれてるみたい！」

「でしょう。ミラクリンテンパールって素材《そざい》らしいわ。それに、気温《きおん》や体温《たいおん》に合《あ》わせて、あったかくなったり、ひんやりしたりするのよ。」

「ね、ぱちぱち栗《くり》まんじゅうって食《た》べた？　池月和菓子店《いけづきわがしてん》で売《う》ってるんだって！」

「そのお菓子《かし》は知《し》らないけど、おいしいの？」

「つぶがぱちぱちはじけて栗《くり》の味《あじ》が広《ひろ》がるのよ。すっごくおいしいの！　包《つつ》み紙《がみ》も勝手《かって》に消《き》えてなくなるからごみも出《で》ないし！」

「この世界《せかい》もおもしろいことがたくさんあって、悪《わる》くないね。」

真月《まつき》は優雅《ゆうが》に髪《かみ》をかきあげた。そのしぐさが、つい見《み》とれてしまうほどきまっている。

「真月《まつき》さん……、もうすっかり男《おとこ》の子《こ》に見《み》えるわね。」

「そうね。かなり男《おとこ》の子《こ》の生活《せいかつ》のコツをつかんできたわ。帰《かえ》れなくなったとしても、なんとかやっていけそうかな。」

おっこは真月《まつき》の言葉《ことば》に、ものすごくおどろいた。

「えー!? 真月《まつき》さん、もう前《まえ》の世界《せかい》にもどる気《き》ないの!?」

「……そういうわけじゃないけど、ずっともどれない可能性《かのうせい》も高《たか》いじゃない。」

真月《まつき》のその言葉《ことば》に、おっこははっとした。

（そういえば、鈴鬼《すずき》くんが言《い》ってた……。）

――おっこさんと真月《まつき》さんが学校《がっこう》のトイレで魔鏡《まきょう》に入《はい》りこんじゃったのを見《み》つけたときはおそかったんでね。もうひきもどせない以上《いじょう》は六十年《ねんま》待《ま》つしかなかった。

（もうひきもどせなかったから六十年《ねんま》待《ま》ったってことは……。鈴鬼《すずき》くんでもこっちの世界《せかい》に来《き》ちゃったあたしたちをどうにもできなかったってことだから……つまり……。）

「このまま帰《かえ》れないかもってこと!?」

おっこはつい立《た》ちあがってしまった。

5 これが、男《おとこ》の子《こ》のときめき？

真月《まつき》が、ルージュプランの接客《せっきゃく》でいそがしそうだったので、秋野家《あきのけ》の邸宅《ていたく》を出《で》たおっこは、ふと思《おも》いついて池月和菓子店《いけづきわがしてん》に向《む》かった。

（ずーっとこのまま帰《かえ》れなかったら、織ノ助《おりのすけ》としてここでくらしていくしかないんだわ。そうなったら、がんばってこの世界《せかい》になじむしかないわ。鈴鬼《すずき》くんもいることだし、なんとかなるかも……。）

そう思《おも》ったら、急《きゅう》に仲《なか》よしのよりこに会《あ》いたくなった。

（ひょっとしたら、よりこちゃんがおばあさんになって、お店《みせ》にいるかもしれない。それか、よりこちゃんそっくりのお孫《まご》さんがいるかも……。）

しかし、池月和菓子店《いけづきわがしてん》は、おっこの知《し》っている場所《ばしょ》にはなかった。

（そうか。そうよね。「池月和菓子店《いけづきわがしてん》ネオ」って、お店《みせ》の名前《なまえ》も変《か》わってるし、六十年《ねん》もたったら場所《ばしょ》が変《か》わっていてもおかしくないわよね……。）

かつて池月和菓子店《いけづきわがしてん》があった場所《ばしょ》は、アクセサリーを売《う》るお店《みせ》になっていた。

お店《みせ》には、おっこと同《おな》い年《どし》ぐらいの女《おんな》の子《こ》が三人《にん》いて、キラキラのかたまりを、はしゃぎながら見《み》ていた。

（なに？　あれ。頭《あたま》につけるものかしら？　……えっ！　のびるの？　ブレスレットみたいに手首《てくび》にまきつけている子《こ》もいるけど、カチューシャみたいにしてる子《こ》もいるし……。え？　あの子《こ》、ちぎってかばんにつけてる！　うわあ、ふしぎなおしゃれ！　光《ひか》る粘土《ねんど》みたいなものなのかしら！）

感心《かんしん》して見入《みい》っていると、女《おんな》の子《こ》の一人《ひとり》と目《め》が合《あ》った。

その女《おんな》の子《こ》がなにか言《い》うと、残《のこ》りの二人《ふたり》の女《おんな》の子《こ》たちもおっこをじろっと見《み》た。

（なんだろ。あまり目《め》つきがよくない子《こ》たちだわ……。）

ひそひそと顔《かお》をよせてなにか話《はな》したかと思《おも》うと、ちらちら、おっこのほうを見《み》る。

おっこは、なんだかいやな感《かん》じがして、その場《ば》をそーっとはなれようとした。

すると、その中《なか》でいちばん気《き》の強《つよ》そうな一人《ひとり》がお店《みせ》から出《で》てきてこう言《い》った。

「待《ま》ちなさいよ、織《おり》ノ助《すけ》！」

（ええ？　いきなりよびすて？）

その、香《こう》ばしく焼《や》けたトーストみたいな肌《はだ》の色《いろ》に、やたら大《おお》きな目《め》、太《ふと》くてはっきりしたまゆの女《おんな》の子《こ》を前《まえ》に、おっこは、かたまってしまった。

「な、なに？」

「なにじゃないわよ。あんたのほうこそ、あたしたちに文句《もんく》あるの？」

「文句《もんく》なんて……。」

「そうかしら？　いかにも文句《もんく》ありそうな顔《かお》でにらんでたじゃないの！」

「そんな。顔《かお》は生《う》まれつきこんなだし……。」

「いーえ！　織《おり》ノ助《すけ》の言《い》いたいことはわかってますからね。どうせあたしが新《あたら》しいアクセサリーを見《み》てるのが気《き》に入《い》らないんでしょ。いっつも言《い》うじゃない。『どうせなにをつけたって美人《びじん》になるわけじゃないのに、女《おんな》ってバカだよなあ。』って！」

「ええっ！　そんなひどいことを、あたし……いや、ぼ、ぼくが？」

おっこはおどろいて聞《き》きかえしてしまった。

するど、ほかの女《おんな》の子《こ》たちもお店《みせ》から出《で》てきて口々《くちぐち》に言《い》った。

「なにとぼけてるのよ！　いつもそう言《い》って日奈多《ひなた》ちゃんのことバカにするじゃない！」

「いくら、日奈多《ひなた》ちゃんがいとこだっていっても、織ノ助《おりのすけ》くん、ほんと失礼《しつれい》よね！」

（いとこ……。そうか、この女《おんな》の子《こ》が織ノ助《おりのすけ》くんのいとこなんだわ。）

「ほんと、織ノ助《おりのすけ》って、バカよね。」

うでぐみをして、ふーっとおおげさに日奈多《ひなた》がためいきをついてみせた。

「バカ？　あた……ぼくが？　なんでだよ！」

おっこはつい言《い》いかえした。

「あのさ、いつまでもおじいちゃんの言《い》うことを信《しん》じて、『男《おとこ》がえらい！』って、女《おんな》の子《こ》をバカにしたり、いじわるなことを言《い》ったりしてたら、たいへんなことになるわよ。」

「たいへんなこと……？」

「ほかの男《おとこ》の子《こ》みたいに、女《おんな》の子《こ》にやさしく親切《しんせつ》にしないと！　女《おんな》の子《こ》がどんどん少《すく》なくなってるんだから、そんなんじゃ大人《おとな》になっても彼女《かのじょ》もできないし、結婚《けっこん》もできないわよ。」

「そ、それは……。」

（ウリケンじいちゃんの言《い》ってたことって本当《ほんとう》だったんだ……。）

「もっとおしゃれして、女《おんな》の子《こ》にやさしくして。女《おんな》の人《ひと》の喜《よろこ》ぶようなこと考《かんが》えなくっちゃ、春《はる》の屋旅館《やりょかん》は女性客《じょせいきゃく》がへる一方《いっぽう》だし。今《いま》のままじゃ、大人《おとな》になってもおかみさんになってくれる働《はたら》き者《もの》のお嫁《よめ》さんをもらうことなんて、夢《ゆめ》のまた夢《ゆめ》よ。」

おっこは、日奈多《ひなた》のはっきりとしたその言葉《ことば》に、くらあっとめまいを起《お》こしそうになった。

（そ、そうだった。あたしは男《おとこ》の子《こ》に生《う》まれたら、すてきでやさしいお嫁《よめ》さんをもらって、春《はる》の屋旅館《やりょかん》のおかみになってもらうつもりだったんだ。それなのに……。）

「織《おり》ノ助《すけ》くんに働《はたら》き者《もの》のお嫁《よめ》さん？　ありえなーい！」

「ほんと！　今《いま》、彼女《かのじょ》をつくるだけでも、どれだけ競争率《きょうそうりつ》が高《たか》いかわかってるの？」

日奈多《ひなた》の両側《りょうがわ》から、女《おんな》の子《こ》二人《ふたり》が交互《こうご》にだめ出《だ》しをした。

「そ、そんなの知《し》るかよ！」

おっこは、あまりにひどい言《い》われように、むかあっときて、つい言《い》いかえした。

「ぼく……おれは思《おも》ったことをそのまま言《い》うだけだ。男《おとこ》が女《おんな》のごきげん取《と》りなんかいちいちしてられるかよ！」

口《くち》に出《だ》してみると、なかなか男《おとこ》の子《こ》の言葉《ことば》は、気持《きも》ちがよかった。

女《おんな》の子《こ》だと乱暴《らんぼう》に聞《き》こえて言《い》いにくいことも、さっぱりと言《い》える。

「まったく、織ノ助《おりすけ》は現代《げんだい》の小学生《しょうがくせい》ばなれしてるんだから。今《いま》どき化石《かせき》みたいね。」

あきれたように日奈多《ひなた》が言《い》った。

「うるせー！　バカ女《おんな》！」

おっこは、どなって走《はし》り出《だ》した。

「ひどーい!!」

「ちょっと！　にげるの!?」

おこる女《おんな》の子《こ》たちをそのままに、おっこは春《はる》の屋旅館《やりょかん》に向《む》かってかけだした。

（くー！　なんかあたし、ウリケンやウリ坊《ぼう》の気持《きも》ち、わかっちゃったかも！　女《おんな》の子《こ》にキンキン声《ごえ》でせめられると、つい言《い》いかえしたくなるのね！　あー、男《おとこ》はつらいわ！）

梅《うめ》の香神社《かじんじゃ》の前《まえ》で、おっこは立《た》ちどまった。

「うわ、ぜんぜん変《か》わってないわ！」

春《はる》の屋旅館《やりょかん》も六十年前《ねんまえ》とほとんど同《おな》じだったけれど、梅《うめ》の香神社《かじんじゃ》こそが、まったく時《とき》が止《と》まったようにそのままだった。

今《いま》にも鳥居《とりい》くんや、鳥居《とりい》くんのお母《かあ》さん、神主《かんぬし》であるお父《とう》さんが顔《かお》を出《だ》しそうだ。

おっこは、そのなつかしい石段《いしだん》をのぼり、鳥居《とりい》をくぐった。

境内《けいだい》に入《はい》ると、大《おお》きく枝《えだ》を天《てん》にのばした御神木《ごしんぼく》を見上《みあ》げた。

（この木《き》に登《のぼ》って、ウリケンったら枝《えだ》の上《うえ》に住《す》もうとしたのよね。おなかがすいているのに無理《むり》しちゃって。「ワイルドなオトコの一人旅《ひとりたび》ってやつだな。」なんて意地《いじ》はって、なかなか下《お》りてこようとしなかったんだっけ。）

おっこはそのときのことを思《おも》い出《だ》して、くすっと笑《わら》ってしまった。

（そのうえ、枝《えだ》から落《お》ちちゃって。あのときウリ坊《ぼう》が助《たす》けてくれなかったら、もうどうなってたか……。）

そこまで思《おも》い出《だ》して、おっこはもうれつに悲《かな》しくなってきた。

（この世界《せかい》じゃ、もう、みんなに会《あ》えないんだわ。おじいさんになったウリケンには会《あ》えても、それはもう、あたしの会《あ》いたいウリケンじゃない。おばあちゃんや康《こう》さんやエツコさんや……、ウリ坊《ぼう》や美陽《みよ》ちゃんも、どうなってるかわからない。よりこちゃんや鳥居《とりい》くんにも……、今《いま》まで来《き》てくださったお客様《きゃくさま》たちにも、みんなに二度《にど》と会《あ》えないんだわ。）

ぽろぽろと涙《なみだ》がこぼれでてきた。

おっこは、ベンチにすわって、手《て》の甲《こう》で涙《なみだ》をごしごしとぬぐった。

すると、うなだれたおっこの目《め》の前《まえ》に、キラキラかがやく水玉《みずたま》もようのくつがあらわれた。

「バカね。ほんと、織《おり》ノ助《すけ》はバカよ。」

顔《かお》をあげると、日奈多《ひなた》が腰《こし》に手《て》をあてて、おっこを見下《みお》ろしていた。

「日奈多《ひなた》ちゃん……。」

「なにも泣《な》くほど落《お》ちこまなくってもいいでしょ？」

日奈多《ひなた》はおっこの横《よこ》に腰《こし》をかけ、やはり水玉《みずたま》もようのハンカチをさしだした。

「ほら、顔《かお》ふいて。女《おんな》の子《こ》にきつく言《い》われてめそめそ泣《な》くなんて織《おり》ノ助《すけ》らしくないわ。まるでふつうの男《おとこ》の子《こ》みたいじゃない！」

「ふつうの男《おとこ》の子《こ》……。」

（そ、そうか。この時代《じだい》は男《おとこ》の子《こ》が女《おんな》の子《こ》に泣《な》かされるのがふつうなんだわ！）

「そうよ。昔《むかし》のような日本男児《にっぽんだんじ》を復活《ふっかつ》させるのが織《おり》ノ助《すけ》とおじいちゃんの夢《ゆめ》なんでしょ？

それなのに泣《な》いてちゃ台《だい》なしじゃない。」

そう言《い》って、日奈多《ひなた》がにこっと笑《わら》った。その笑顔《えがお》が、びっくりするほどやさしく見《み》えて、おっこはどきん！としてしまった。

「う。す、すまない。」

おっこは日奈多《ひなた》のハンカチで顔《かお》をふいた。すると、あわいピンクの水玉《みずたま》もようが灰色《はいいろ》にそまってしまった。

「ご、ごめん！　きれいなハンカチがよごれちゃった！　せ、せんたくして返《かえ》すよ！」

思《おも》わずおっこがそう言《い》うと、日奈多《ひなた》がくすくす笑《わら》った。

「なによ、今《いま》さら。『男子《だんし》は顔《かお》がよごれたり、服《ふく》がよごれたりするのを気《き》にするようじゃ、大物《おおもの》になれない。』って言《い》って、いっつもあたしのかしてあげるハンカチを平気《へいき》でよごすくせに。クラスの女《おんな》の子《こ》たちに、日奈多《ひなた》ちゃん、いとことはいえ、よくがまんしてるわよねえって、感心《かんしん》されてるのよ。」

「う。そ、そうだったかな……。」

(織《おり》ノ助《すけ》くんたら、日奈多《ひなた》ちゃんにそんなに世話《せわ》をかけてたんだわ!)

「ごめん。」

おっこはあやまった。

「男子《だんし》らしくっていっても、それはやりすぎだったよね。女《おんな》の子《こ》にめいわくをかけるのが男子《だんし》ってわけじゃないもの……な。」

すると、日奈多《ひなた》が、息《いき》をのんでおっこの顔《かお》をまじまじ見《み》つめた。

「織《おり》ノ助《すけ》、どうしちゃったの? 今日《きょう》は、めずらしくいいこと言《い》うじゃない!」

「い、いや、本当《ほんとう》にそう思《おも》うんだ。」

「……織《おり》ノ助《すけ》、なにかあったの?」

日奈多《ひなた》が、真顔《まがお》になって、ぐっと織《おり》ノ助《すけ》のうでをつかんだ。

「ヘンよ! 学校《がっこう》でも、トイレに行《い》ったまま帰《かえ》ってこないしさ! かと思《おも》ったら、こんなところで泣《な》いてるし。まさか……オリ子《こ》ばあちゃんがよっぽど悪《わる》いの!?」

「オ、オリ子《こ》ばあちゃん?」

日奈多《ひなた》の言《い》うおばあちゃんというのが、自分《じぶん》のことだとわかっていても、いきなり飛《と》び出《で》た自分《じぶん》の名前《なまえ》に、おっこは、うぐっと息《いき》が止《と》まりそうになった。

「オリ子《こ》ばあちゃん、糸居病院《いといびょういん》に入院《にゅういん》してるってきのう、言《い》ってたじゃない。」

「そ、そうだった……の?」

おっこはまたおどろいた。ウリケンじいちゃんや、碧夫《みどりお》さんからは、大《おお》おかみが入院《にゅういん》しているような話《はなし》は出《で》なかった。

「ちがうの? じゃあ、なに? あんた、あたしになにをかくしてるの!? そんなの、ひどいじゃない。」

日奈多《ひなた》が、ぎゅっとくちびるをかんで、枝《えだ》を高《たか》くのばす大木《たいぼく》を指《ゆび》さした。

「保育園《ほいくえん》のときに、この御神木《ごしんぼく》に誓《ちか》ったでしょ? あたしたちはかくしごとをしない。あたしたちはいとこだけど、同《おな》じ日《ひ》の同《おな》じ時間《じかん》に生《う》まれてさ、ふたごのきょうだいも同《おな》じ。いっしょに春《はる》の屋旅館《やりょかん》を守《まも》るって約束《やくそく》したじゃない。それなのに!」

おっこは、真剣《しんけん》なその言葉《ことば》に、胸《むね》をうたれた。

(日奈多《ひなた》ちゃんは春《はる》の屋旅館《やりょかん》のことをとても大事《だいじ》に思《おも》ってくれているんだわ！　だから、織《おり》ノ助《すけ》くんにあんなきびしいことを言《い》ってたんだ！)

——もっと女《おんな》の人《ひと》の喜《よろこ》ぶようなこと考《かんが》えなくっちゃ、春《はる》の屋旅館《やりょかん》は女性客《じょせいきゃく》がへる一方《いっぽう》だし。今《いま》のままじゃ、大人《おとな》になってもおかみさんになってくれる働《はたら》き者《もの》のお嫁《よめ》さんをもらうことなんて、夢《ゆめ》のまた夢《ゆめ》よ。

日奈多《ひなた》の言葉《ことば》がよみがえった。

(もう、だめじゃない。織《おり》ノ助《すけ》くんたら、もっとちゃんと日奈多《ひなた》ちゃんの話《はなし》を聞《き》かないと……。って、ああー、でもさっき、あたしもつい、かーっとなっちゃって、「うるせー！バカ女《おんな》！」なんて言《い》っちゃったし！)

そして、ん？　と、ひっかかった。

おっこが、ウリケンと話《はな》していると、ときどきすごくはらが立《た》つことがある。

それはあとで考《かんが》えるとたいてい、おっこがウリケンのことですごく心配《しんぱい》したり、気《き》にしているということがあるというのに、ウリケンがそれにぜんぜん気《き》がついてくれなかったり、言《い》ってもそのことをわかってくれなかったりするときなのだ。

(日奈多《ひなた》ちゃんは、すごく織《おり》ノ助《すけ》くんのことを心配《しんぱい》して、気《き》にしてくれてるんだわ。なのに織《おり》ノ助《すけ》くんは勝手《かって》なことばっかりするし、日奈多《ひなた》ちゃんがハラハラするようなことばっかりするし、おまけに憎《にく》まれ口《ぐち》をたたいたりするんだわ。ウリケンみたいに！　それでも日奈多《ひなた》ちゃんは追《お》いかけてきてまで織《おり》ノ助《すけ》くんのことを気《き》にかけてくれて……。ん？)

おっこは、はっとした。

(それって……。日奈多《ひなた》ちゃんは、織《おり》ノ助《すけ》くんのことが好《す》きってこと!?)

それに気《き》がついたとたん、おっこは胸《むね》がどきーん！とはねあがった。

「バカ織《おり》ノ助《すけ》ったら……。なんとか言《い》いなさいよ……。」

日奈多《ひなた》の大《おお》きな瞳《ひとみ》にうつる光《ひかり》が、ふるふるっとゆれはじめた。

(だ、だめだ！　泣《な》かしちゃう！)

「日奈多《ひなた》ちゃん！　ごめん！」

気《き》がついたらおっこは、日奈多《ひなた》の肩《かた》をつかんでさけんでいた。

「心配《しんぱい》かけてごめん！　ぼくが悪《わる》かった！」

すると、今《いま》にも泣《な》きそうだったそのキラキラとぬれた瞳《ひとみ》で、日奈多《ひなた》はおっこをじいっと見《み》つめた。

「ほんとにそう思《おも》ってる？」

自分《じぶん》が男《おとこ》の子《こ》になっているせいだろうか？　目《め》の前《まえ》の女《おんな》の子《こ》の顔《かお》が、どうもちがった感《かん》じに見《み》える。日奈多《ひなた》のぱちっとはねあがったまつげや、真《ま》っ黒《くろ》い瞳《ひとみ》がまぶしく、星《ほし》のようにキラキラとかがやいて見《み》えるのだ。

（か、かわいいじゃん……。）

彼女《かのじょ》を見《み》ているだけで胸《むね》がわくわくっとときめいて、おなかの底《そこ》からあつい元気《げんき》がわきだしてくる感《かん》じ。女《おんな》の子《こ》のときには、味《あじ》わったことのない気持《きも》ちだ。

（うわあ！　これってあたし、男《おとこ》の子《こ》として女《おんな》の子《こ》のこと好《す》きになってるってこと？　えーっ！　なに？　これ？）

おっこはもう、今《いま》の自分《じぶん》がつかめなくて、気《き》が遠《とお》くなりそうだった。

「ねえ、それ本当《ほんとう》？」

「あ？　な、なにが？」

「もう！　今《いま》、ぼくが悪《わる》かったってあやまったばっかりじゃない。本気《ほんき》じゃなかったの!?」

せっかくきげんが直《なお》りかけていた日奈多《ひなた》がぷーっとふくれたので、おっこはあせった。

「ほんとだよ！　それに、き、きみはそのう、やさしい！　現代《げんだい》にはめずらしい、ヤマトナデシコだ！」

「ヤマトナデシコって？」

そうあらためて聞《き》かれたら、おっこもよくその意味《いみ》がわかっていなかった。

「ええと、芯《しん》が強《つよ》くてしっかりしていて、だけどやさしくってかわいくって、気配《きくば》りがある。つまり、すごく女《おんな》の子《こ》らしいってことだ……と思《おも》う。」

「ふうん……？」

日奈多《ひなた》は、うれしいようなそうでないような、微妙《びみょう》な顔《かお》つきになった。

(あれ？　せいいっぱいほめたのに、……はずした？)

「で、織《おり》ノ助《すけ》。本当《ほんとう》はなんで泣《な》いてたの？」

がんばったが、話《はなし》がもとにもどってしまった。

「え、ええと。その、ぼくも不安《ふあん》になってて。この世界《せかい》……、こんな世《よ》の中《なか》で男子《だんし》として りっぱにやっていけるかなって思《おも》って。ほら、亜月《あつき》くんみたいなことはできないし。」

すると、日奈多《ひなた》がぶっとふきだした。

「バカねえ！　織《おり》ノ助《すけ》があの亜月《あつき》くんみたいになれるわけないでしょ！　彼《かれ》が女《おんな》の子《こ》のあいだでなんてよばれてるか知《し》ってる？」

「え……。亜月王子様《あつきおうじさま》とか？」

「彼《かれ》、金色《きんいろ》のアクセサリーと、羽《はね》のついたコスチュームがすごく好《す》きでしょ？」

「う、うん。」

（そういえば、さっきオーベルジュでも、そんな服《ふく》を着《き》てたわ。）

「だから、『ゴールド孔雀王子《くじゃくおうじ》』。」

おっこは、いけないと思《おも》いつつも、ふきだしてしまった。

「織《おり》ノ助《すけ》が孔雀王子《くじゃくおうじ》みたいになったらおかしいわよ。だけど、あんがい、男《おとこ》の子《こ》らしいのね。そんなことを気《き》にして泣《な》くなんて。」

（ええと、そんなことを気《き》にして泣《な》くのがこの世界《せかい》では男《おとこ》の子《こ》らしいってことなんだ……。うわあ、やりにくいなあ、もう！）

頭《あたま》をかかえたその手《て》を、日奈多《ひなた》が、がちっとつかんだ。

「ま、いいわ。元気取《げんきと》りもどしたんだったら。さ、オリ子《こ》ばあちゃんのとこに行《い》きましょ。お見舞《みま》いに行《い》かなきゃ！」

おっこが返事《へんじ》をするのも待《ま》たずに、ぐいいーっと日奈多《ひなた》がおっこをひっぱって境内《けいだい》を歩《ある》き出《だ》した。

「う、うわ！　すごい力《ちから》！　日奈多《ひなた》ちゃん、……女《おんな》の子《こ》なのに男《おとこ》らしいなあ！」

「バカね。きれいでかわいいんだけど、たくましくって頼《たよ》りがいがあって力強《ちからづよ》いのが、今《いま》どきの『女《おんな》らしい』でしょ。ほんと、織《おり》ノ助《すけ》は現代《げんだい》についていけなさすぎなんだから！」

「は、はい……。」

おっこは、日奈多《ひなた》にひきずられるように、梅《うめ》の香神社《かじんじゃ》を出《で》た。

6 会《あ》えてよかった！

（糸居医院《いといいいん》がこんなにりっぱな病院《びょういん》になったのか……。）

おっこは広々《ひろびろ》とした糸居病院《いといびょういん》の中《なか》を、感心《かんしん》して見回《みまわ》した。

日奈多《ひなた》は、織《おり》ノ助《すけ》がオリ子《こ》ばあちゃんの入院《にゅういん》している部屋《へや》がどこなのかも知《し》らないことに、ぶつぶつ文句《もんく》を言《い》っていたが、受付《うけつけ》のおにいさんに「関織子《せきおりこ》の部屋《へや》はどこでしょうか。」と聞《き》いて教《おし》えてもらい、さっさとエレベーターに乗《の》りこんだ。

おっこは、日奈多《ひなた》といっしょに長《なが》いろうかを歩《ある》いているうちに、どんどん不安《ふあん》になってきた。

（六十年後《ねんご》のあたし、どうなってるんだろう？　病気《びょうき》ですごく苦《くる》しそうだったら……とても悲《かな》しいわ。でも真月《まつき》さんが言《い》うとおりで、そんなことでなやんでも、しかたがないんだけど。)

するとろうかの色《いろ》が急《きゅう》に変《か》わったと思《おも》ったら、たたみがあらわれた。

「なあに？　ろうかがここからたたみになってるし！」

「ここでおはきものをおぬぎくださいって書《か》いてあるよ。」

「なんだろう！　病院《びょういん》らしくないわねえ。」

おっこと日奈多《ひなた》は首《くび》をかしげながら、そこでくつをぬいだ。

「……織《おり》ノ助《すけ》、ここ、ますますヘンじゃない？　病室《びょうしつ》のとびらが木《き》の格子戸《こうしど》になってる。」

「本当《ほんとう》だ！　病室《びょうしつ》に名前《なまえ》がついてるよ。『レンゲソウの間《ま》』『なずなの間《ま》』『ライラックの間《ま》』……。これってまるで……。」

「温泉旅館《おんせんりょかん》だよね。」

二人《ふたり》で顔《かお》を見合《みあ》わせたとき、

「そうよ。ここは温泉旅館風療養室《おんせんりょかんふうりょうようしつ》なんだから！」

ぽん！　とはずむような声《こえ》がして、小柄《こがら》なおばあさんが、ライラックの間《ま》から出《で》てきた。

「オリ子《こ》ばあちゃん！」

日奈多《ひなた》は、そのおばあさんに飛《と》びついた。

「織《おり》ノ助《すけ》から入院《にゅういん》したって聞《き》いて、もうびっくりしちゃったわ！　どこが悪《わる》いの？　ね！

それか、けがしちゃった⁉」

そのおばあさんは、灰色《はいいろ》の髪《かみ》をきゅっと後《うし》ろでおだんごにして、小菊《こぎく》と流水柄《りゅうすいがら》の和風《わふう》ジャージの上《うえ》に、かすりのベストをはおり、紺《こん》の足袋形《たびがた》ソックスといういでたちで、スキップするような軽《かる》い足《あし》どりでろうかを歩《ある》いてきた。

（こ、これが六十年後《ねんご》のあたし⁉）

おっこは目《め》を大《おお》きく見開《みひら》いて、未来《みらい》の自分《じぶん》のすがたを見《み》た。

（……入院《にゅういん》してるわりにはすごく……元気《げんき》そうだわ。そしてなんか……ちょっとかわいいかも……。）

オリ子《こ》ばあちゃんは、目《め》をくるんと大《おお》きく回《まわ》して言《い》った。

「まあ！　あたしはだいじょうぶよ！　入院《にゅういん》は入院《にゅういん》でも病気《びょうき》じゃなくって、この温泉旅館《おんせんりょかん》風療養室《ふうりょうようしつ》のお試《ため》し入院《にゅういん》なんだから！」

「え。そうなの⁉　お試《ため》し入院《にゅういん》ってどういうこと？」

「まあ二人《ふたり》とも、お入《はい》り。」

オリ子《こ》ばあちゃんはライラックの間《ま》に、二人《ふたり》の孫《まご》を連《つ》れて入《はい》った。

「わあ！」

「すごい！　きれい！」

おっこと日奈多《ひなた》は同時《どうじ》に歓声《かんせい》をあげた。

そこは病院《びょういん》の中《なか》の一室《いっしつ》とは思《おも》えない、純和風《じゅんわふう》の部屋《へや》だった。

こぢんまりしたたたみの間《ま》に、低《ひく》めの木《き》のテーブル。窓《まど》は真《ま》っ白《しろ》な紙障子《かみしょうじ》で、床《とこ》の間《ま》には渓谷《けいこく》の絵《え》のかけ軸《じく》と、季節《きせつ》の小花《こばな》がいけてある。壁《かべ》ぎわの座卓《ざたく》には、ライラックの花《はな》が小《ちい》さなガラスの花《か》びんにさしてあった。

「おすわりなさい。」

座《ざ》いすをすすめられて、おっこはそーっとすわってみた。

ふわんとあたたかく体《からだ》をささえるその感触《かんしょく》は、真月《まつき》の部屋《へや》で感心《かんしん》したミラクリンテンパール素材《そざい》と同《おな》じだった。よく見《み》ると土壁《つちかべ》のように見《み》えている壁《かべ》も、つやつやっと光《ひか》るなにかでコーティングされているらしい。

(昔風《むかしふう》にはしてあるけれど、すごしやすいように、この時代《じだい》のいいところは取《と》りいれられているのね。あ、これ、ぱちぱち栗《くり》まんじゅう!?)

おっこはテーブルの上《うえ》のかごに山盛《やまも》りになった、栗《くり》まんじゅうについ目《め》が行《い》ってしまった。

「いいわねえ! 春《はる》の屋旅館《やりょかん》そっくりだけど、新《あたら》しくてきれい!」

日奈多《ひなた》がうれしそうに、部屋《へや》を見回《みまわ》した。

オリ子《こ》ばあちゃんは、きゅうすで湯《ゆ》のみにお茶《ちゃ》をいれながら、言《い》った。

「鞠香《まりか》さん……、糸居病院《いといびょういん》の理事長《りじちょう》さんがね、療養《りょうよう》をされるかたのために、昔《むかし》ながらの温泉旅館風《おんせんりょかんふう》のお部屋《へや》を造《つく》りたいっておっしゃってね。なんでも年配《ねんぱい》のかただけでなく、若《わか》いかたでも純和風《じゅんわふう》の部屋《へや》……たたみじきで、ざぶとんにすわるような……で休《やす》むとなんだか気持《きも》ちがゆったりとしてなごむっていう報告《ほうこく》がお医者《いしゃ》さんの学会《がっかい》であったそうなんだよ。それで春《はる》の屋旅館《やりょかん》のお部屋《へや》を参考《さんこう》にしたいって言《い》われてね。」

「そうだったの! じゃ、オリ子《こ》ばあちゃんのお試《ため》し入院《にゅういん》って?」

「いよいよ『温泉旅館風療養室《おんせんりょかんふうりょうようしつ》』が完成《かんせい》したから、一度《いちど》、お部屋《へや》に泊《と》めていただいて、お部屋《へや》の使《つか》い勝手《がって》や、寝心地《ねごこち》なんかをたしかめさせていただこうと思《おも》ってね。理事長《りじちょう》さんにお願《ねが》いして、健康診断《けんこうしんだん》もかねてきのうから泊《と》めていただいてるんだよ。」

オリ子《こ》ばあちゃんは、目《め》を細《ほそ》め、口元《くちもと》をほころばせた。

「日奈多《ひなた》はあたしが、本当《ほんとう》に病気《びょうき》になって入院《にゅういん》したんじゃないかって心配《しんぱい》してくれたんだね？」

「ええ、そうよ！　もうあたし、すごーく心配《しんぱい》しちゃったんだから！　あーあ、なあんだ。ほっとしたらおなかすいちゃった！」

「じゃあ、これをおあがり。池月和菓子店《いけづきわがしてん》ネオの『ぱっちぱち焼《や》き栗《ぐり》まんじゅう』だよ。」

おっこはその言葉《ことば》に、ええっと声《こえ》をあげてしまった。

「『ぱちぱち栗《くり》まんじゅう』じゃないの!?」

すると、オリ子《こ》ばあちゃんは得意《とくい》げに胸《むね》をそらして言《い》った。

「これはね、池月《いけづき》さんの先代《せんだい》がお得意様《とくいさま》にしか作《つく》らない限定品《げんていひん》だよ。焼《や》き栗《ぐり》の香《こう》ばしい香《かお》りが、もうぱちぱちどころか、ぱっちぱち!!にはじけるんだよね！」

「わあ！　いただきまーす！」

「いただきまーす！」

おっこと日奈多《ひなた》は、同時《どうじ》におまんじゅうに手《て》をのばした。

「それにしても、織《おり》ノ助《すけ》。あたしがここに泊《と》まっている理由《りゆう》はちゃんと知《し》ってただろう？　どうして日奈多《ひなた》に教《おし》えてあげなかったんだい。」

言《い》いながら、オリ子《こ》ばあちゃんは、おっこの前《まえ》にお茶《ちゃ》を置《お》いた。

おっこは、はがした栗《くり》まんじゅうの包《つつ》み紙《がみ》が、丸《まる》めようとした瞬間《しゅんかん》に消《き》えてしまい、おたおたと指先《ゆびさき》を動《うご》かした。

「………………」

おっこが目《め》をあげると、オリ子《こ》ばあちゃんと目《め》がまともにぶつかった。

オリ子《こ》ばあちゃんは、じいいいっとおっこの顔《かお》を見《み》て、少《すこ》しなにかを考《かんが》えていたが、やがてこう言《い》った。

「……織《おり》ノ助《すけ》。ここからの景色《けしき》を見《み》せてあげようか。花《はな》の湯温泉《ゆおんせん》の街《まち》が全部《ぜんぶ》見《み》えるよ。」

オリ子《こ》ばあちゃんの言葉《ことば》に、おっこは栗《くり》まんじゅうを持《も》ったまま、立《た》ちあがった。

「もー！　織《おり》ノ助《すけ》ったら！　食《た》べながら歩《ある》くなんて！　お菓子《かし》がこぼれちゃうでしょ！」

「いいんだよ。ここのたたみは最新式《さいしんしき》でね。お菓子《かし》のくずぐらいなら、落《お》ちてもそのへりのすき間《ま》からほこりといっしょにすいこんで、地下《ちか》のダストルームに送《おく》るんだよ。」

「へえ！　さすが糸居病院《いといびょういん》ね！　ねえ、もう一個《いっこ》食《た》べていい？」

「ああ、いいよ。たくさんおあがり。」

夢中《むちゅう》になって「ぱっちぱち焼《や》き栗《ぐり》まんじゅう」をつぎつぎにほおばる日奈多《ひなた》に背《せ》を向《む》けて、オリ子《こ》ばあちゃんは窓《まど》を全開《ぜんかい》にした。

「わあ！」

おっこは、思《おも》わず窓《まど》から身《み》をのりだした。

そこからは、花《はな》の湯温泉《ゆおんせん》の街《まち》が一望《いちぼう》できた。

「……花《はな》の湯温泉《ゆおんせん》だ。」

おっこはそう言《い》わずにはいられなかった。

そこから見《み》える花《はな》の湯温泉《ゆおんせん》には、前《まえ》にはなかったものがいくつかあった。

ところどころに見《み》える目新《めあたら》しい建物《たてもの》。その中《なか》できわだって高《たか》くて大《おお》きな建物《たてもの》は、秋好《しゅうこう》ビューティローズワールドと、その中《なか》のピンク色《いろ》のタワーだった。ジェットコースターの線路《せんろ》のようなものが、山《やま》のすそ野《の》から宙《ちゅう》へのびて街《まち》を通過《つうか》している。

しかしそのほかは、おっこの知《し》っている花《はな》の湯温泉《ゆおんせん》とあまり変《か》わりはなかった。街《まち》のあちこちから立《た》ちのぼる湯《ゆ》けむりの白《しろ》さも、梅《うめ》の香神社《かじんじゃ》を囲《かこ》む緑《みどり》の森《もり》の豊《ゆた》かさも、六十年前《ねんまえ》と同《おな》じだった。

おっこは、お湯《ゆ》の香《かお》りただよう街《まち》の空気《くうき》を胸《むね》いっぱいにすいこんで、ううーんとのびをした。

「ああ、街《まち》のにおい、変《か》わってないわ！」

思《おも》わずそう言《い》ってしまってから、はっとして自分《じぶん》の口《くち》をふさいだ。

ちらり、と、オリ子《こ》ばあちゃんのほうを見《み》ると、オリ子《こ》ばあちゃんはそしらぬ顔《かお》で、しかし小声《こごえ》で言《い》った。

「おっこ、だいじょうぶよ。すぐにもとの世界《せかい》に帰《かえ》れるからね……。」

「え？」

思《おも》わず声《こえ》をあげそうになったが、オリ子《こ》ばあちゃんが口《くち》に人《ひと》さし指《ゆび》を立《た》ててみせたので、おっこは、あわてて口《くち》をとじた。

(そ、そうか！　オリ子《こ》ばあちゃんはあたしと同《おな》じ経験《けいけん》を六十年前《ねんまえ》にしてるから、このことを覚《おぼ》えてるんだわ。)

それで、おっこは声《こえ》をせいいっぱいおさえてたずねた。

「す、鈴鬼《すずき》くんは六十年《ねん》、あたしが来《く》るのを待《ま》ってたって。もう帰《かえ》れないみたいなことも言《い》ってたけど……。ちがうの？」

するとオリ子《こ》ばあちゃんも、おっこに顔《かお》を近《ちか》づけてささやいた。

「うそよ。おっこと真月《まつき》さんについてきて、この時代《じだい》のおいしいものを食《た》べてからのんびり帰《かえ》ろうとしてるだけよ。鈴鬼《すずき》くんはほうっておいて、学校《がっこう》の三階《がい》の男子《だんし》トイレの鏡《かがみ》に、もとの世界《せかい》に帰《かえ》りたいって心《こころ》から願《ねが》いながら、真月《まつき》さんといっしょに飛《と》びこんだらいいわ！」

「そうしたら帰《かえ》れるの？　じゃ、すぐに真月《まつき》さんをむかえに行《い》かなきゃ！」

「真月《まつき》さんはニースにいる真月《まつき》おばあさまから電話《でんわ》をもらって、帰《かえ》る方法《ほうほう》を教《おし》えてもらったはずだから、今《いま》ごろもう学校《がっこう》に向《む》かってると思《おも》うわ。」

「そ、そうなんだ！」

（もとの世界《せかい》に帰《かえ》りたいって心《こころ》から願《ねが》いながら、真月《まつき》さんと鏡《かがみ》に飛《と》びこむ……うまくいくかな？）

おっこが不安《ふあん》そうにしているのを、ぽんとオリ子《こ》ばあちゃんが肩《かた》をたたいてはげました。

「あたしも昔《むかし》、六十年後《ねんご》のあたしに教《おし》えてもらったとおりにやったら、だいじょうぶだったわよ。あなたもきっとだいじょうぶ！」

オリ子《こ》ばあちゃんが、おっこと同《おな》い年《どし》の子《こ》みたいな顔《かお》で、にこっと笑《わら》った。

おっこは、とてもうれしくなった。

「オリ子《こ》ばあちゃん。会《あ》えてよかった！　オリ子《こ》ばあちゃんが、元気《げんき》そうで楽《たの》しそうで、温泉《おんせん》が大好《だいす》きで……よかった！」

「ふふふ。会《あ》うまでは、すごくどきどきしたでしょ？　いやなばあさんになってたらどうしよう、なんてなやんだりして。」

「え、そんなこと……。あ、そうか。かくしても自分《じぶん》のことだからみんな知《し》ってるもん

ね！」

「そういうこと。それともうひとつ、聞《き》きたいことがあるでしょう？」

オリ子《こ》ばあちゃんに、じっと目《め》を見《み》つめられて、おっこは、うっと口《くち》をつぐんだ。

「ウリケンと結婚《けっこん》して、毎日《まいにち》楽《たの》しいよ。ケンカはいっぱいするけどね。」

「……そうなんだ……。ね、あの……。」

「なに？」

「ウリケンはいつ、どこでどんなプロポーズをあたしにするの？」

するとオリ子《こ》ばあちゃんは、にこっと笑《わら》った。

「それは自分《じぶん》でウリケンから聞《き》いたほうがきっといいよ。」

「……それもそうか。」

「そうだよ。」

おっこは、顔《かお》が温泉《おんせん》まんじゅうみたいにほかほかとあつくなってきて、ほおをごしごし手《て》のひらでこすった。

「……一刻《いっこく》も早《はや》く、もとの世界《せかい》に帰《かえ》りたくなっただろ？」

「……うん。」

赤《あか》い顔《かお》でおっこがうなずいたとき、

「……ねえ。」

日《ひ》奈《な》多《た》が声《こえ》をかけてきた。

「……どうしちゃったの？　今日《きょう》はオリ子《こ》ばあちゃんと織《おり》ノ助《すけ》、いやにもりあがっちゃって。」

オリ子《こ》ばあちゃんは、こほっとせきをして、話題《わだい》を変《か》えた。

「とにかく織《おり》ノ助《すけ》は学校《がっこう》にすぐに行《い》きなさい！」

「はい！」

おっこが返事《へんじ》するのに、また日《ひ》奈《な》多《た》がおどろいた顔《かお》になった。

「なによう。織《おり》ノ助《すけ》ったら。今度《こんど》はまたどうしちゃったの!?　なんで学校《がっこう》に行《い》くの!?」

「ええと……。」

おっこが言葉《ことば》につまっていると、オリ子《こ》ばあちゃんがかわりにこたえてくれた。

「忘《わす》れ物《もの》だよ、すごく大事《だいじ》な物《もの》を忘《わす》れてきたんだ。織《おり》ノ助《すけ》はすぐもどってくるから、日《ひ》奈《な》多《た》はもう一杯《いっぱい》お茶《ちゃ》を飲《の》んで待《ま》ってなさい。」

おっこはオリ子《こ》ばあちゃんに手《て》をふった。

「日奈多《ひなた》ちゃん、さよなら！　会《あ》えてよかった！」

おっこは日奈多《ひなた》にも、大《おお》きく手《て》をふった。

日奈多《ひなた》は、けげんな顔《かお》で、おっこにいちおう手《て》をふりかえしてくれた。

学校《がっこう》まで全力疾走《ぜんりょくしっそう》して、三階《がい》の男子《だんし》トイレについたときはもう、あせだくだった。

「真月《まつき》さん！」

「関《せき》さん！　待《ま》ってたわよ！　話《はなし》は真月《まつき》おばあさまからみんな聞《き》いたわ。」

真月《まつき》は、もどかしそうにおっこの手《て》を取《と》った。

「さあ、鏡《かがみ》に飛《と》びこみましょう！」

「ええ！」

おっこは真月《まつき》の手《て》をぎゅっとにぎりかえした。

「……真月《まつき》さん、いいの？」

おっこは、気《き》になっていたことをたしかめた。

「なにが？」

真月《まつき》が、ふしぎそうにおっこを見《み》つめかえした。

「もとの世界《せかい》に帰《かえ》りたいと心《こころ》から願《ねが》いながら、真月《まつき》さんといっしょに鏡《かがみ》に飛《と》びこむともとにもどれるって、オリ子《こ》ばあちゃんに聞《き》いたの。」

「ええ、わたしも真月《まつき》おばあさまにそう教《おし》えていただいたわ。」

「真月《まつき》さん、この世界《せかい》に残《のこ》らなくてもいいの？　せっかく男《おとこ》の子《こ》になれて、しかも秋好旅《しゅうこうりょ》館《かん》もあんなにりっぱになって、女《おんな》の子《こ》にも大人気《だいにんき》で……。真月《まつき》さんの望《のぞ》みどおりの生活《せいかつ》ができるじゃない？　なのに……。」

「帰《かえ》りたいに決《き》まってるじゃないの！」

真月《まつき》が、きっぱりと言《い》った。

「この世界《せかい》の秋好旅館《しゅうこうりょかん》はわたしがおばあさんになるまでがんばって、ここまで大《おお》きくしたものよ。こんなにできあがってしまった秋好旅館《しゅうこうりょかん》なんて、もうおもしろくないわよ。それに……。」

真月《まつき》が耳《みみ》たぶをひっぱりながら、つぶやいた。

「夕方《ゆうがた》にあかねさんと会《あ》う約束《やくそく》をしてるから、早《はや》く帰《かえ》って着《き》がえたいのよ。新《あたら》しいドレスの試着《しちゃく》もあるし。」

「あたしもウリケンに電話《でんわ》しないといけないのよ。『全国温泉名物《ぜんこくおんせんめいぶつ》みやげグランプリ』のことを調《しら》べてくれたから、その話《はなし》を聞《き》かないといけないし、それに……。」

「じゃ、急《いそ》いで帰《かえ》りましょう。」

「ええ！　そうしましょう！」

二人《ふたり》で手《て》を取《と》りあって、あらためてうなずきあった。

「行《い》くわよ！」

二人《ふたり》は、深《ふか》く息《いき》をすった。

「もとのわたしたちにもどれますように！」

「もとの世界《せかい》にもどれますように！」

二人《ふたり》はそうさけぶと目《め》をとじて、えいっと鏡《かがみ》の中《なか》に飛《と》びこんだ。

7 長《なが》くなりそうな一日《いちにち》

おっこはぎゅうっと目《め》をとじて首《くび》をちぢめ、鏡《かがみ》に思《おも》いきり頭《あたま》からつっこんだ。

鏡《かがみ》をくぐりぬけるとき、ひやっと冷《つめ》たい空気《くうき》を首《くび》すじに感《かん》じた。

前《まえ》のめりに着地《ちゃくち》して、おっこと真月《まつき》は手《て》をかたくにぎりあったまま、ゆかにつんのめった。

「きゃ！」

「いたっ！」

二人《ふたり》でゆかに転《ころ》がって、同時《どうじ》に悲鳴《ひめい》をあげた。

おっこはそーっと目《め》を開《あ》けた。

心臓《しんぞう》がどきどきいっている。鏡《かがみ》を見《み》るのが、こわい。

(もし、男《おとこ》の子《こ》のままだったら、どうしよう……。)

ゆかについた自分《じぶん》の手《て》が目《め》に入《はい》った。

「あ。」

手《て》が白《しろ》くて小《ちい》さい。

まちがいなく女《おんな》の子《こ》の手《て》だった。

おっこは顔《かお》をあげて、目《め》の前《まえ》にある大《おお》きな鏡《かがみ》を見《み》た。

そこには、まん丸《まる》い大《おお》きな目《め》をぐるんと回《まわ》して、こちらをおどろいた顔《かお》で見《み》つめている、見覚《みおぼ》えがある女《おんな》の子《こ》がいた。

「ああ! あたし!」

おっこは自分《じぶん》のほおを、両手《りょうて》でおさえた。

「もとにもどってるわ!」

「こちらもよ。」

おっこの横《よこ》には、金魚《きんぎょ》の尾《お》をイメージした真《ま》っ赤《か》なリボンのついたワンピースを着《き》た真《ま》月《つき》が、堂々《どうどう》と胸《むね》を張《は》って立《た》っていた。

「ま、真月《まつき》さんももどってる！」

「よかった。あまり服《ふく》がしわになってないわ。いい生地《きじ》だから張《は》りがあるわね。」

真月《まつき》は、服《ふく》の形《かたち》を整《ととの》えた。

「あはは！　よかった、もとにもどれて！　それに、今《いま》のすがたの真月《まつき》さんにまた会《あ》えてうれしいわ！　王子様《おうじさま》の真月《まつき》さんもかっこよかったけれど、やっぱり豪華《ごうか》なドレスは女《おんな》の子《こ》の真月《まつき》さんでなきゃ着《き》こなせないし。」

「わたしもよ。そのすがたのあなたに会《あ》えてうれしいわ。ま、もとにもどれておたがいによかったわね！」

おっこと真月《まつき》が、鏡《かがみ》の前《まえ》で大《おお》きな声《こえ》で笑《わら》いあったそのとき、授業《じゅぎょう》の始《はじ》まりを知《し》らせるチャイムの音《おと》が鳴《な》った。時計《とけい》を見《み》ると、まだ朝《あさ》の始業前《しぎょうまえ》の時間《じかん》だ。

（鈴鬼《すずき》くんが、この世界《せかい》でさわぎが起《お》こらないように、魔界《まかい》の者《もの》を手配《てはい》して取《と》りつくろいますからって言《い》ってたわ！　時間《じかん》のつじつまを合《あ》わせてくれたのね。）

「教室《きょうしつ》にもどりましょう。」

「ええ。」

おっこと真月《まつき》は、女子《じょし》トイレを出《で》た。

トイレの外《そと》は、いつもの学校《がっこう》だった。

いつも静《しず》かなつきあたりの図書室《としょしつ》からのびるろうかも、壁《かべ》のらくがきを消《け》したあとも、窓《まど》ガラスのすみっこのくもりも、みんなもとのとおりの世界《せかい》だった。

「……ほっとしたら、なんだかねむくなってきたわ。」

おっこがつぶやくと真月《まつき》もうなずいた。

「たしかにちょっとつかれたわね。今《いま》から授業《じゅぎょう》って……長《なが》い一日《いちにち》になりそうね。がんばりましょう。」

「ほんと、がんばらないと……。でも、ねむいわあ、ふわあああ。」

おっこはあくびをして、真月《まつき》は目《め》をこすりつつ、階段《かいだん》を下《お》りて教室《きょうしつ》に向《む》かった。

第《だい》三話《わ》

若《わか》だんなは小学生《しょうがくせい》!?

1 あかねの場《ば》合《あい》

「あかねさん！」

おっこが、にこっと笑《わら》いかけてきた。

ふすまを開《あ》ける所作《しょさ》は、いちおう、おかみである峰子《みねこ》さんに習《なら》った、おしとやかな若《わか》おかみのものなのだが、おっこはそれが長続《ながつづ》きしない。

親《した》しい人《ひと》の顔《かお》を見《み》ると、ついつい、いつもの「おっこちゃん」が出《で》て、ぱあっとうれしそうに笑《わら》って、かけよるみたいないきおいで、話《はな》しかけてくる。

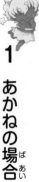

その様子《ようす》を見《み》ると、あかねはついつい、豆柴《まめしば》のコロちゃんを思《おも》い出《だ》す。あかねが昔《むかし》飼《か》っていた子犬《こいぬ》だ。

コロちゃんは、本当《ほんとう》にかわいかった。あかねの顔《かお》を見《み》ると、わあっと笑顔《えがお》になって、

（犬《いぬ》が笑顔《えがお》になるというのはおかしいという人《ひと》がいるが、あれは絶対《ぜったい》に笑《わら》っていたと思《おも》う。）小《ちい》さい尾《お》を思《おも》いきりふって、短《みじか》い手足《てあし》をうんとのばしてかけよってきた。

おっこは、コロちゃんににている。初《はじ》めて会《あ》ったときからそう思《おも》っていた。

「おはようございます。朝食《ちょうしょく》をお運《はこ》びしてもよろしいですか？」

「うん……。いいよ。」

あかねはまだふとんの中《なか》だ。

春《はる》の屋旅館《やりょかん》に泊《と》まっているのだが、なぜか微熱《びねつ》が出《で》てしまって、ゆうべもずいぶん春《はる》の屋旅館《やりょかん》の人《ひと》たちにめんどうをかけてしまった。

「食欲《しょくよく》はあります？　いちおう、おなかにやさしいメニューを康《こう》さんが考《かんが》えてくれたんですけど。」

「いただくよ。おなかはすいてるんだよ。」

「それはよかったわ！」

おっこの顔《かお》が、朝日《あさひ》がのぼったような、ぱあっと明《あか》るい笑顔《えがお》になった。

こういうところも、コロちゃんににている。

あかねが元気《げんき》そうにしていると、すごくうれしそうにする。あかねがぼんやりとつかれた様子《ようす》をしていると、微妙《びみょう》にさびしそうな顔《かお》をする。

それがわかっているから、あんまりおっこの前《まえ》で、具合《ぐあい》の悪《わる》いところは見《み》せちゃいけないと思《おも》う。しかし。

「じゃ、おふとんをあげましょうか？　あ、それはよくないかしら。またお熱《ねつ》が上《あ》がるかもしれないから、おふとんはそのままにしておきましょうか。お薬《くすり》は飲《の》みましたか？あ、あれは、食後《しょくご》に飲《の》むんでしたね！」

などと、いっしょうけんめいになってくれるのがうれしくて、ついつい、

「うん……。まだちょっとだけ、熱《ねつ》っぽいみたいなんだ。」

などと言《い》ってしまうのだった。

「じゃあ、ちょっと失礼《しつれい》します！　お食事《しょくじ》のご用意《ようい》しますから、あかねさん、次《つぎ》の間《ま》で休《やす》んでいていただけますか？」

「うん。」

あかねは、次《つぎ》の間《ま》のいすに腰《こし》かけて、ううーんとうでをのばした。窓《まど》から外《そと》をのぞく

と、大《おお》きな松《まつ》の木《き》が見《み》えた。濃《こ》い緑《みどり》と、太《ふと》い幹《みき》、堂々《どうどう》と張《は》り出《だ》した枝《えだ》の様子《ようす》がみごとだ。

(りっぱな松《まつ》だな！　あんなの、ここにあったっけ？)

ぼんやりと景色《けしき》を見《み》ていると、

「あかねさん。お目覚《めざ》めにジュースをどうぞ。」

小《ちい》さなグラスを、あかねの前《まえ》のテーブルに置《お》いた。

「ジュース？」

「しぼりたてのオレンジを、ヨーグルトでわったジュースです。すっきりしますよ。」

「ありがとう。」

(いつの間《ま》に用意《ようい》してくれたんだろ。)

あかねは、その特製《とくせい》ジュースを飲《の》みながら、おっこがてきぱきと朝食《ちょうしょく》の用意《ようい》をしているのをながめた。

(おっこちゃんは、本当《ほんとう》に元気《げんき》で、朝《あさ》からよくはたらくよな……。)

初《はじ》めて会《あ》ったときのおっこは、若《わか》おかみ見習《みなら》いの時期《じき》で、失敗《しっぱい》もたくさんしていたみたいだが、再会《さいかい》したときには、ずいぶん様子《ようす》がちがっていた。

あいかわらず、そそっかしいし、ときには早《はや》とちりでびっくりするようなことを言《い》ったり、したり。その天然《てんねん》ぶりは健在《けんざい》なのだが、生《い》き生《い》きと立《た》ちはたらく着物《きもの》すがたは「若《わか》おかみ」が板《いた》についてきている感《かん》じだ。

（真月《まつき》さんも、ものすごくパワフルだけど、遊《あそ》びに行《い》くときはさっさと行《い》くし、休《やす》みも効《こう》率的《りつてき》にうまくとってる。おっこちゃんの場合《ばあい》は、いつ見《み》ても春《はる》の屋旅館《やりょかん》ではたらいてるし。）

それであかねは、聞《き》いてみた。

「おっこちゃん。きみさ、いつ休《やす》んでるの？」

すると、おっこは、へえ？　とおどろいた顔《かお》でふりかえった。

「いつって。しょっちゅう休《やす》んでますよ。昼休《ひるやす》みとか、休憩《きゅうけい》もよく取《と》ってますし。」

「いや、そういう休《やす》みじゃなくて。ぼくだったら、休《やす》みの日《ひ》に美術館《びじゅつかん》に行《い》ったりするじゃないか。映画《えいが》を観《み》たりさ。真月《まつき》さんだったら、よく全身《ぜんしん》アロママッサージとか、つめの手《て》入《い》れに行《い》ってる。新《あたら》しいドレスのデザインのうちあわせで、デザイナーと会《あ》うときなんか、もうめちゃくちゃうれしそうだし。おっこちゃんはそういう趣味《しゅみ》とか、気晴《きば》らしの時《じ》間《かん》はないの？」

するとおっこは、人《ひと》さし指《ゆび》をあごにちょんと置《お》いて、うーんと考《かんが》えた。

「ううーん？　そうですねえ。とくに趣味《しゅみ》はないかな。でも、最近《さいきん》は時代劇《じだいげき》にこってるんです……友《とも》だちが。それをいっしょに見《み》て、おまんじゅうを食《た》べながらおしゃべりしてたら、あっという間《ま》に時間《じかん》がたってしまうし。」

「彼《かれ》とデートはしないの？」

すると、おっこは、ぷんとほおをふくらませた。

「それなんですよ！　ウリケンったら、ぜんぜんデートにさそってくれないんですよ！　このあいだもそのことでケンカしちゃって！」

「真月《まつき》さんから、ちょっとだけその話《はなし》を聞《き》いたよ。なんだっけ？　ぼくと真月《まつき》さんのデートの話題《わだい》からケンカになっちゃったんだって？」

「そうなんです。ウリケンと会《あ》っても、最近《さいきん》、ほんとケンカばっかり。」

おっこは、はあーっと大《おお》きなためいきをついた。

「そうなんだ。すごく仲《なか》よさそうなんだけどなあ。」

「仲《なか》が悪《わる》いわけじゃないんですけど。」

ちらっと、おっこがあかねを見上《みあ》げた。

「ウリケンはすごくいい人《ひと》なんです。それはわかってるんだけど、でも……。」

あかねは、あれっと思《おも》った。

おっこが今《いま》まで見《み》たことのないような、悲《かな》しげな表情《ひょうじょう》をしていた。

「どうかした？　ぼくでよかったら相談《そうだん》にのるよ。」

あかねは、おっこの真剣《しんけん》な様子《ようす》に、思《おも》わずすわりなおした。

これは、ひょっとしたらけっこう深刻《しんこく》なことかもしれない。

「聞《き》いていただけますか？」

「もちろんだよ。おっこちゃんは、ぼくと真月《まつき》さんをむすびつけてくれた、愛《あい》のキューピッドだよ。それにいつもぼくをはげましてくれる。今度《こんど》はぼくがきみをはげます番《ばん》だよ。」

「ありがとうございます。」

おっこはそう言《い》って、にこっと笑《わら》った。

かと思《おも》うと、みるみるその笑顔《えがお》がくずれて、くしゅくしゅっと泣《な》き顔《がお》になった。

「ど、どうしたの!?」

おっこが泣《な》くところなど、初《はじ》めて見《み》たあかねは、もうびっくりしてしまった。

「あたしはウリケンがいい人《ひと》だっていうのはわかってるの。でも、ウリケンとデートしてると、こう思《おも》うんです。ウリケンがもう少《すこ》しやさしくて、デリカシーがあって、女《おんな》の子《こ》の気《き》持《も》ちをわかってくれたら……、あかねさんみたいに……なんて。」

あかねは、自分《じぶん》のハンカチをおっこにさしだした。

お肌《はだ》にやさしい特別《とくべつ》なコットン製《せい》の、うらがガーゼのやわらかいハンカチだ。あかねがすぐに肌荒《はだあ》れしてしまう体質《たいしつ》だと知《し》った真月《まつき》が、メーカーに注文《ちゅうもん》して、大量《たいりょう》に取《と》りよせてくれたものだ。特注《とくちゅう》で、あかねのイニシャル入《い》りだ。

「ぼく、みたいに?」

「はい。あたしは真月《まつき》さんがうらやましい……。」

ハンカチで涙《なみだ》をぎゅっとおさえると、おっこはぬれた瞳《ひとみ》であかねをじっと見《み》た。

「真《ま》月《つき》さんが?」

「ええ。だって、あかねさんにいつもやさしくしてもらっているんだもの。」

そう言《い》っておっこは目《め》をふせた。

あかねは、どきんとした。

(まさか……、おっこちゃん……ぼくに告白《こくはく》するつもりじゃ。)

予感《よかん》がした。

じまんしているわけではないが、あかねはすごく女《おんな》の子《こ》にもてる。

今《いま》まで告白《こくはく》された回数《かいすう》は覚《おぼ》えていない。というか、三十八回目《かいめ》以降《いこう》はめんどくさくて数《かぞ》えていないのだ。

真月《まつき》とつきあうようになって、ずいぶんその機会《きかい》もへったが、しかし。

今《いま》までの経験《けいけん》から、これは「告白《こくはく》」の空気《くうき》ではないだろうかと感《かん》じた。

(おっこちゃんまで、ぼくにひかれていたっていうのか?)

あかねは、ちょっとさびしい気持《きも》ちになった。

あかねは、自分《じぶん》が、女《おんな》の子《こ》が好《この》む容姿《ようし》だということをよく知《し》っている。

体《からだ》が弱《よわ》いということもあり、幼稚園《ようちえん》のときから、女《おんな》の先生《せんせい》には特別《とくべつ》にかわいがられたし、クラスの女《おんな》の子《こ》はたいていあかねが話《はな》しかけると、うれしそうにはしゃぐし、中《なか》には目《め》が合《あ》っただけで真《ま》っ赤《か》になってにげだすような子《こ》もいる。

でも、あかねはそのことが、あまりうれしくなかった。ぜいたくだと言《い》われても、自分《じぶん》がそうなりたくてなったわけではない。

あかねにとっては、もてるというのは、鼻《はな》をこするだけでそこの皮膚《ひふ》がひりひりするようなこの弱《よわ》い肌《はだ》と同《おな》じで、生《う》まれつきの体質《たいしつ》のようなものだ。

おっこの気持《きも》ちは、しかしショックだった。

おっこは、あかねだけでなく、だれにでもわけへだてなく、あの人《ひと》なつっこい笑顔《えがお》で話《はな》す。だれにでも、ふつうにおこり、ふつうに笑《わら》い、基本的《きほんてき》にいつもきげんがよくって元気《げんき》でまっすぐだ。

そういう、あかねとは正反対《せいはんたい》のおっこが好《す》きだった。

だけどそれは、女《おんな》の子《こ》としてではない。

けしてカノジョ候補《こうほ》として見《み》ているわけではない。

たしかに、初《はじ》めて春《はる》の屋旅館《やりょかん》に泊《と》まったとき、おっこの笑顔《えがお》がまぶしいと思《おも》ったし、かわいい子《こ》だなと思《おも》った。でもそれはコロちゃんににているからで……。

「あかねさん……あたし……。」

おっこの声《こえ》でわれに返《かえ》った。

おっこは、あかねの前《まえ》で正座《せいざ》して、うつむいたまま小《ちい》さな声《こえ》で言《い》った。

「あたし……。あかねさんのことが……。」

「だめだ！　おっこちゃん！　その先《さき》を言《い》っちゃ！」

あかねは、自分《じぶん》でもおどろくほど大《おお》きな声《こえ》を出《だ》してしまった。

今《いま》まで、女《おんな》の子《こ》の告白《こくはく》を、たくさんたくさんことわってきた。

泣《な》かせてしまったこともあるけれど、あかねはいつも冷静《れいせい》だった。

やさしく話《はなし》をして、相手《あいて》に期待《きたい》を持《も》たせるほうが罪《つみ》だと思《おも》っていた。

それで、ばっさりと相手《あいて》を切《き》りはなすような、ことわり方《かた》をしてきた。

だけど今回《こんかい》は、それができそうになかった。

それが、自分《じぶん》でもわかったから、そんなふうにおこったような言《い》い方《かた》になったのかもしれない。

「だめだ！　だめだ！　絶対《ぜったい》にだめだ！」

「あかねさん……。」

おっこは、しゅんとうなだれた。

「そうよね。ごめんなさい。あたしったら、なんてバカなことを。」

おっこは、すん！とはなをすすりあげると、無理《むり》に笑《わら》ってみせた。

「朝食《ちょうしょく》……すぐに持《も》ってきますから！」

おっこは、ハンカチをにぎったまま立《た》ちあがり、顔《かお》をおさえてろうかに飛《と》び出《で》た。

「おっこちゃん……。」

あかねは、ふらふらと立《た》ちあがった。

「おっこちゃん。待《ま》って！」

気《き》がついたら、そうさけんでいた。

「待《ま》ってくれ！　ちがうんだ！」

なにがちがうのか、どうしておっこをよびとめるのか、自分《じぶん》でもさっぱりわからないま
ま、あかねはさけんだ。

「待《ま》ってくれ！　行《い》かないでくれ!!」

あかねは、自分《じぶん》の声《こえ》で目《め》が覚《さ》めた。

「……え？」

目《め》を開《あ》けたら、白《しろ》い花柄《はながら》が、うす闇《やみ》の中《なか》でぼんやりとうきあがって見《み》えた。見《み》なれた、紫野原家《しのはらけ》の天井《てんじょう》のもようだ。

あかねは、はっと起《お》きあがった。

ベッドサイドには、トンボ柄《がら》のガラスのシェードランプがぽうっとともっていた。

アンティークの置《お》き時計《どけい》のきゃしゃな針《はり》は、夜中《よなか》の三時《じ》をさしていた。

（ゆ、夢《ゆめ》だったのか。）

あかねは、ふうっと息《いき》をついて、ひたいのあせをコットンのハンカチでぬぐった。

あかねは、イニシャル入《い》りのやわらかコットンハンカチを、ぎゅっとにぎりしめて思《おも》った。

（夢《ゆめ》でよかった。もしあれが本当《ほんとう》のことだったら、ぼくは真月《まつき》さんに……ひどい目《め》にあわされるところだった。）

そして、はっとした。

(いや、ちがう。夢《ゆめ》でも真月《まつき》さんはゆるしてくれないかもしれない。このことは絶対《ぜったい》にだまっていなくちゃ……。)

あかねは、もう一度《いちど》、ふかふかのベッドに身《み》をしずめた。

(夢《ゆめ》でよかったけど……。あのおっこちゃん、すっごくかわいかったな。それにしても、どうしてあんな夢《ゆめ》を見《み》たんだろう? ぼくはおっこちゃんのことを、じつはちょっとぐらい、好《す》きなのかな……。いや、そんなことはないよ。ぼくは真月《まつき》さんひとすじなんだから……。そりゃたしかに、初《はじ》めて会《あ》ったときに、すっごくかわいいと思《おも》ったけど。ひょっとして、ぼく、今《いま》でも好《す》きな気持《きも》ちが……。いやいや、そんなことはないよ。でも、あのおっこちゃん、かわいかったな。あ、こんなこと思《おも》ったことがばれたら、真月《まつき》さんにたいへんな目《め》にあわされる……。)

頭《あたま》の中《なか》は、ごちゃごちゃしたままだったが、あかねはすぐにねむりに落《お》ちた。

(今《いま》の夢《ゆめ》の続《つづ》きはどうなるんだろ……。)

そう思《おも》いながら、すとんとまた、夢《ゆめ》の中《なか》にもどっていった。

2　ウリケンの場合《ばあい》

「ウリケン！　ねえねえ、このあいだ言《い》ってた、ペットも泊《と》まれる温泉旅館《おんせんりょかん》のことなんだけど。」

おっこが、話《はなし》に夢中《むちゅう》になって、ウリケンの目《め》をのぞきこんできた。

(近《ちか》いんだよ……。)

ウリケンは、返事《へんじ》しながら一歩《いっぽ》後《うし》ろに下《さ》がった。

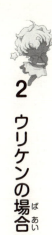

興味《きょうみ》のある話《はなし》になると、どんどん近《ちか》づいてくる。しまいにはぶつかりそうになるぐらい。おっこの悪《わる》いくせだ。

今《いま》だって、ならんで歩《ある》いているというのに、いつのまにか顔《かお》がせまってきて、おっこのひたいが、今《いま》にもウリケンの顔《かお》にぶつかりそうだった。そのたびにウリケンは、どきどきっとしてしまうのだった。

「あれな、調《しら》べたけど、ほとんどの旅館《りょかん》では大浴場《だいよくじょう》はやっぱりペットは入《はい》れないみたいだな。」

「え、ペットを泊《と》めていいって旅館《りょかん》でも、そうなの？」

また、おっこの顔《かお》が近《ちか》くなった。

（ち、近《ちか》いんだよ……。）

ウリケンは、のけぞってまた一歩下《いっぽさ》がった。

「うん、家族風呂《かぞくぶろ》に、ペット用《よう》の小《ちい》さめの湯船《ゆぶね》があって、そこにだったら連《つ》れて入《はい》っていいってところがあったな。あと、部屋《へや》についてる風呂《ふろ》に入《い》れていいところと。」

「やっぱりそうよねえ。大浴場《だいよくじょう》はおおぜいのかたが入《はい》るところだもの。動物《どうぶつ》が苦手《にがて》なかたもいらっしゃるわね。」

そう言《い》っておっこは、うーんと考《かんが》えこんだ。

やれやれ、今日《きょう》はめずらしく、「若《わか》おかみ」じゃないおっこで来《き》てくれたっていうのに、話《はなし》は春《はる》の屋旅館《やりょかん》のことばっかりじゃないか。

ウリケンは、苦笑《にがわら》いしてしまった。

これから、二人《ふたり》でバスに乗《の》って東京《とうきょう》に向《む》かおうってときに。

ウリケンは、春《はる》の屋旅館《やりょかん》から、手《て》をふってあらわれた、おっこの黄色《きいろ》いワンピースすがたに、どきんと心臓《しんぞう》がはねあがってしまったというのに。おっこは、やっぱりいつものおっこだ。

(なんだい。あかねと真月《まつき》さんみたいな、ロマンチックなデートがしたいって言《い》ったのは、おっこのほうだぞ。)

おかみさんや春《はる》の屋旅館《やりょかん》の人《ひと》たちみんなに見送《みおく》られて、バス停《てい》に向《む》かって歩《ある》きはじめたとたん、これ。旅館《りょかん》の話題《わだい》だ。

しかも、ウリケンはそういうおっこが、けっしていやじゃないときている。そしてウリケン自身《じしん》も、おっこに負《ま》けないぐらい、旅館《りょかん》に関《かん》する話《はなし》が好《す》きなのだ。

「なんだよ。春《はる》の屋旅館《やりょかん》で、ペットを泊《と》めるサービスでも始《はじ》めたいのか? 猫《ねこ》を勝手《かって》に部屋《へや》に連《つ》れこんでいためいわくなお客《きゃく》がいて、前《まえ》、さんざんな目《め》にあったんだろ? 猫《ねこ》の毛《け》アレルギーのお客《きゃく》もいて、大《おお》さわぎになったって……。」

「あれは、こちらが知《し》らないうちに猫《ねこ》を連《つ》れてこられたから、問題《もんだい》が大《おお》きくなっちゃったのよ。でも前《まえ》もって知《し》っていたら、こちらもちゃんと対応《たいおう》できたんじゃないかなって思《おも》ったの。」

「たとえば？」

「まず、ペット連《づ》れのお客様《きゃくさま》はいちばんおくの部屋《へや》に泊《と》まっていただくでしょ。それから、露天風呂《ろてんぶろ》には連《つ》れて入《はい》れなくても、たらいにお湯《ゆ》をはるとかして、ペット用《よう》のお風呂《ふろ》も用意《ようい》してさしあげるの。」

「大型犬《おおがたけん》だったら、たらいじゃ無理《むり》だぜ。」

「それだったら、子《こ》ども用《よう》プールを庭《にわ》に置《お》いてそこにワンちゃんに入《はい》ってもらえば。庭《にわ》だったら思《おも》いきり体《からだ》もあらってもらえるし。」

「それじゃ、風呂《ふろ》じゃなくて、たんなる犬《いぬ》の行水《ぎょうずい》だよ。」

「そうかあ。ああ！　うちのお風呂《ふろ》がもっと広《ひろ》かったらなんとかできたかも……。あーあ、せめて家族風呂《かぞくぶろ》の設備《せつび》がほしいなあ！」

「それにゆったりしたベッドつきの和洋室《わようしつ》と、ジャグジーつきの、特別室《とくべつしつ》だろ。」

「それに、お庭《にわ》のとちゅうにお休《やす》みどころを造《つく》りたいわ！」

「そんなこと言《い》いだしたらきりがないぜ。」

「ウリケンだって、デリバリー温泉旅館《おんせんりょかん》サービスをもっと充実《じゅうじつ》させて、ケータリングもやって、温泉《おんせん》のお湯《ゆ》の宅配《たくはい》もして、なんて、いっぱい夢《ゆめ》を語《かた》ってたじゃない！」

「まあな！」

あははは！　と、二人声《ふたりこえ》をそろえて笑《わら》ったときだった。

「あら？」

おっこが、ふいに立《た》ちどまって顔《かお》をあげた。

おっこの見《み》た方向《ほうこう》には、ちょうど梅《うめ》の香神社《かじんじゃ》の鳥居《とりい》があった。

「どうした？」

「今《いま》、鳥《とり》の声《こえ》がしたの。なんだろう？　うぐいすの鳴《な》き声《ごえ》かしら？」

「うぐいすう？　そんなのここにいるのか？」

「鳥居《とりい》くんの家《いえ》で、うぐいすを育《そだ》ててるって聞《き》いたことがあるわ。すごくきれいな鳴《な》き声《ごえ》のうぐいすなんですって。」

「鳥居《とりい》の家《いえ》ね。」

ウリケンは、ふーんと口《くち》をへの字《じ》にした。

おもしろくない話題《わだい》が出《で》たものだ。

おっこの口《くち》から、同《おな》じクラスの「鳥居《とりい》くん」の話題《わだい》はときどき出《で》る。

やつが、梅《うめ》の香神社《かじんじゃ》の息子《むすこ》だということは知《し》っている。

本名《ほんみょう》は澄川静志郎《すみかわせいしろう》なのだが、神社《じんじゃ》の息子《むすこ》だからあだ名《な》が「鳥居《とりい》くん」というらしい。

おっこの話《はなし》では、鳥居《とりい》くんはだれにでもやさしくて親切《しんせつ》だという。しかも彼《かれ》の一族《いちぞく》は、みんな美形《びけい》で頭脳明晰《ずのうめいせき》で有名《ゆうめい》、さらにクラスの女《おんな》の子《こ》に大人気《だいにんき》なのに、そのことにぜんぜん気《き》がついていない天然《てんねん》ぶりだという。

(そんなできすぎたやつがいるもんか!)

いまいましく思《おも》っていたものの、どうもそれは本当《ほんとう》らしかった。

ウリケンが、そもそも春《はる》の屋旅館《やりょかん》をさがして、ここ花《はな》の湯温泉《ゆおんせん》に来《き》たとき、梅《うめ》の香神社《かじんじゃ》の境内《けいだい》で野宿《のじゅく》させてもらった。

そのときに、しゅっとすました細身《ほそみ》のやつが、境内《けいだい》のそうじをしていた。

（なんだ？　あいつ。同《おな》い年《どし》ぐらいかな？　それにしてはみょうに落《お》ちついたやつだな。ふーむ。女《おんな》の子《こ》みたいにきれいな顔《かお》をしてるぞ。ここの家《いえ》の子《こ》かな……。）

そんなことを思《おも》いながら、ウリケンは、そのとき、鳥居《とりい》くんを観察《かんさつ》していたのだ。

とんでもなくむずかしそうな本《ほん》を楽《たの》しそうに読《よ》みながら、境内《けいだい》を横切《よこぎ》っている様子《ようす》や、参拝《さんぱい》に来《き》た人《ひと》に親切《しんせつ》に対応《たいおう》しているところ、口笛《くちぶえ》をふきながらごみをひろったり、雑草《ざっそう》の中《なか》に咲《さ》いている小《ちい》さな花《はな》をそっと立《た》てなおしているすがたなど。

それを思《おも》い出《だ》したら、鳥居《とりい》というやつは、本当《ほんとう》に文句《もんく》のつけようのない「顔《かお》も頭《あたま》も性格《せいかく》もいい」という、奇跡的《きせきてき》な人物《じんぶつ》かもしれないと思《おも》うのだった。

最大《さいだい》のライバルと思《おも》っていた神田《かんだ》あかねは、おどろいたことに秋野真月《あきのまつき》とカップルになったので、ほっと一安心《ひとあんしん》したものの、その「鳥居《とりい》くん」もゆだんできない。

すべての面《めん》において、そんなにすぐれたやつがおっこのそばにいて、なにかとおっこと仲《なか》よくしていることは、じつにおもしろくない。

おっこがなにげなく鳥居《とりい》くんの名前《なまえ》を出《だ》すたびに、正直《しょうじき》、ウリケンは心《こころ》おだやかではいられなかった。

なのにおっこときたら、まったくそういうことには気《き》がつかない。

「ねえ！　ちょっと梅《うめ》の香《か》神社《じんじゃ》によっていかない？　バスが来《く》るまでまだ時間《じかん》があるわ。」

そんなことを言《い》いだす始末《しまつ》だった。

「ええ？　神社《じんじゃ》なんかいつでも行《い》けるじゃないか。」

ついついふきげんな声《こえ》を出《だ》してしまう。

「だって、ほら、なつかしいでしょ？　ウリケン、ここの境内《けいだい》の木《き》の上《うえ》で寝泊《ねと》まりしてたんだから。」

おっこがにこにこっと笑《わら》って、ウリケンのうでをつかんだ。

「たしかに、ここの木《き》には世話《せわ》になったけど……。」

こういうふうに笑《わら》って、うでまでひっぱられると、弱《よわ》い。

「行《い》きましょうよ！　あたし、梅《うめ》の香《か》神社《じんじゃ》に来《く》るたび思《おも》い出《だ》すの。ここでウリケンと話《はな》したときのこと！」

「あ、そ、そうなんだ。」

そんなふうに言《い》われるとますます弱《よわ》い。

ウリケンはおっこといっしょに、梅《うめ》の香神社《かじんじゃ》の石段《いしだん》をのぼって、なつかしいと言《い》われればなつかしい境内《けいだい》に足《あし》をふみいれた。

(こんな景色《けしき》だったかな……。)

ぐるりと見回《みまわ》して、ウリケンは首《くび》をかしげた。

(あんなでっかい松《まつ》なんかあったかな? すげえ枝《えだ》だな! あそこの上《うえ》で寝泊《ねと》まりさせてもらったほうがよかったかな……、って、松《まつ》だったら、葉《は》がささっていたいっつうの。しかし、あんな大《おお》きいものを覚《おぼ》えてないだなんて、おれの記憶力《きおくりょく》もたいしたことねえな……。)

おっこは、ウリケンが登《のぼ》っていた、境内《けいだい》の木《き》を指《ゆび》さして、うれしそうに笑《わら》った。

「ウリケンたら、ほんとあのとき意地《いじ》っぱりだったわよね。雨《あめ》も降《ふ》ってくるのに、いくらよんでも下《お》りてこなくて心配《しんぱい》したわ。」

「お、おお。」

ウリケンもうなずいた。

そんなふうにしみじみ言《い》われると、こちらも感慨深《かんがいぶか》い。

「鳥居《とりい》くんもあのとき、ずいぶん心配《しんぱい》しててくれたみたいよ。枝《えだ》から落《お》ちるんじゃないかって、気《き》が気《き》でなかったって。でも、そんなに境内《けいだい》の木《き》が居心地《いごこち》がいいなら、気《き》のすむまでそこにいてもらおう……なんていろいろ考《かんが》えたんだって。さすが未来《みらい》の神主《かんぬし》さんよねえ。」

（だからなんで、そこで鳥居《とりい》なんだよ。）

ウリケンはがっくりきた。

そして思《おも》った。

（おればっかりやきもちやいて、なんかバカみたいだな……。たまには、おっこがおれにやきもちやいたりしてくれないもんだろうか……。）

ウリケンは、ふーっと息《いき》をついて言《い》った。

「そうか。心配《しんぱい》かけて悪《わる》かったな。おれってみんなに心配《しんぱい》をかけてるみたいだ。家《いえ》でもそうだし、ひなのもそうだし。」

「ひなの？　さん？」

初《はじ》めて聞《き》く名前《なまえ》におっこが、聞《き》きかえした。

ひなのというのは、ウリケンのいとこで近所《きんじょ》に住《す》んでいる。これが、本当《ほんとう》にうるさい。ウリケンはひなののことを説明《せつめい》した。

「ひなのは、なんでも母《かあ》さんに言《い》いつけるからめんどうなんだよ。おまけに、しっかりおれの様子《ようす》を見張《みは》るとか言《い》って、学校《がっこう》でも、となりの席《せき》に陣《じん》どってやがる。うっとうしいのなんの！」

すると、おっこがぴくんとほっぺたをひきつらせて、なんだかきびしい顔《かお》になった。

（あれ？　どうしたんだろ？）

「ふーん。ああ、そう。ひなのさんって、めんどう見《み》がいいのね。きっと、ウリケンのことほっとけないのね。」

言《い》いながらも、なんだかおもしろくなさそうだ。

（どうしたんだろう？　おっこがあんな顔《かお》するなんて、めずらしいな。）

「めんどう見《み》がいいのはたしかだな。でも行《い》きすぎじゃないかと思《おも》うんだ。おれがすり傷《きず》とか作《つく》ると、待《ま》ちかまえてたみたいに、ばんそうこうを取《と》り出《だ》してはるんだよ。それが、ピンクの猫《ねこ》の絵《え》のやつとか、おさるとバナナの絵《え》のやつとか、もうすっげえはずかしいんだよ。クラスのやつにからかわれるしさ。」

「まあ、そんなばんそうこう、かわいいじゃないの。」

言《い》いながらも、おっこはくちびるをとがらせていた。なんとなく声《こえ》もおこっている。

「でも、いやがってる人《ひと》に、無理《むり》にはるのは、ひなのさんもやりすぎね。ウリケンもそんなにいやだったら、はっきりことわればいいのに。なんで、ことわらないの？」

おっこの強《つよ》い口調《くちょう》と、あきらかにきげんが悪《わる》くなっているその顔《かお》つきに、ウリケンは、はっとした。

（おっこ、ひょっとして……。やきもちやいてる⁉）

ウリケンは、胸《むね》がわくわくしてきた。ついにおっこが、やきもちをやいたのだ！

（おれはこのときを待《ま》っていたぜ！）

梅《うめ》の香神社《かじんじゃ》の神様《かみさま》に向《む》かって、ありがとう！　と手《て》を合《あ》わせたい気持《きも》ちだった。

（よーし！　めったにないことだから、もうちょっとやいてもらおうかな！）

「なんでことわらないかって？　そんなのひなのに悪《わる》いじゃないか。だって、おれのためを思《おも》って、やってくれていることだからな。それにあいつは、うるさいし心配性《しんぱいしょう》だけど、こまかいことに気《き》がついて親切《しんせつ》なんだ。おれがきっとわすれるだろうって思《おも》って、ちゃんと定規《じょうぎ》をおれのぶんまで持《も》ってきてくれてたりさ。」

これは事実《じじつ》だった。

もっともそれは、ひなのの気《き》づかいではなく、ウリケンの母《かあ》さんが、前《まえ》もって、ひなのに定規《じょうぎ》をあずけていたのだが。

「ふうん。」

おっこがそっぽを向《む》いた。

「それはよかったわね！ お母《かあ》さんみたいにやさしくめんどう見《み》てもらって！ そんないいとこさんが、いっつもそばにいてくれてめんどう見《み》てもらって、ウリケンは幸《しあわ》せ者《もの》よね！」

言葉《ことば》とうらはらに、おっこの顔《かお》は完全《かんぜん》におこっていた。

「おお！ そうだな！ よーく気《き》がついてやさしくって親切《しんせつ》で、おまけにかわいーいひなのにいっぱい世話《せわ》してもらって、あー、おれ幸《しあわ》せ！」

ウリケンは、おっこがきっと思《おも》いきり言《い》いかえしてくるだろうと身《み》がまえた。

しかし、おっこは、なにも言《い》いかえさなかった。

(あれ、どうしたんだろ?)

おっこは、しゅんと肩《かた》を落《お》として、うつむいてしまった。

(え? え? あれ?)

「ウリケンのバカ……。」

おっこは小《ちい》さくつぶやくと、くしゅくしゅっとはなをすりあげた。

「どうせあたし、そのひなのさんみたいに、気《き》がつかなくて、親切《しんせつ》でもやさしくもないもの。だからって、そんなふうに、ひなのさんのこと、ほめなくったっていいじゃない。」

「……………。」

ウリケンは、鼻《はな》の頭《あたま》を真《ま》っ赤《か》にして、涙《なみだ》をぽろぽろ流《なが》すおっこに、あぜんとしてしまった。

「あたしだって。ひなのさんみたいに、ウリケンの近《ちか》くにいつもいて……、そんなふうに仲《なか》よくしたいし、ばんそうこうだってやさしくはってあげたいわよ……。あたしだって、持《も》ってるんだから、ほら。」

おっこは、いつ取《と》り出《だ》したのか、ピンクのハート形《がた》の大《おお》きなばんそうこうを、ウリケンに見《み》せた。

「おっこ……。」

ウリケンは、おおいに感動《かんどう》した。

「そうだったのか！　やっぱり、おれのこと大好《だいす》きなんだな！」

「……そうよ。あたし。」

おっこは、涙《なみだ》でうるんだ瞳《ひとみ》でウリケンをきっと見《み》すえて言《い》いはなった。

「ウリケンのことがだーい好《す》きなんだから！」

「おっこ……。」

ウリケンがじーんと胸《むね》をあつくして、おっこを見《み》た。

「もう！　やだ！　もう！　言《い》っちゃった！　こっち見《み》ないで！」

照《て》れたおっこは、手《て》のひらほどもあるような、ハート形《がた》のばんそうこうを、いきなりウリケンの顔《かお》にべたっとはった。

「わ！　バカ！　そんなとこにはったら、なんにも見《み》えないだろ！　ははは！　おもしろいことするなよ！」

笑《わら》いながら、ばんそうこうをはがそうとしたが、なかなか取《と》れない。

「おっこ！　これ、取《と》ってくれよ！　なんか息《いき》が苦《くる》しくなってきた！」

「知《し》らない！」

おっこは、取《と》ってくれない。

「おい！　取《と》ってくれったら！」

さけんだ自分《じぶん》の声《こえ》で、目《め》が覚《さ》めた。


「はあっ！」

ウリケンの顔《かお》の上《うえ》に、読《よ》みかけて開《ひら》いたままのマンガが、おおいかぶさっていた。

「は……。苦《くる》しかったのはこのせいか……。」

起《お》きあがると、マンガがベッドのわきにばさっと落《お》ちた。

「ああ、なんかくたびれる夢《ゆめ》だったなあ。」

ウリケンは、背中《せなか》を丸《まる》めて、はーっと長《なが》いためいきをついた。

（でも、やきもちをやいたおっこは、すっげえかわいかったなあ。「ウリケンのバカ。」なんて言《い》っちゃってさ……。）

ウリケンは、鼻《はな》の頭《あたま》を真《ま》っ赤《か》にして、くちびるをきゅっとむすんでいた、おっこの顔《かお》を思《おも》い出《だ》して、にやーっと笑《え》みくずれた。

まくらもとのデジタル目覚《めざ》まし時計《どけい》を見《み》ると、夜中《よなか》の三時《じ》だった。

（よっしゃ！　もう一回《いっかい》寝《ね》て、夢《ゆめ》の続《つづ》きを見《み》ようっと！）

ウリケンは、わくわくしながら、ばさっとふとんをかぶりなおした。

半笑《はんわら》いの顔《かお》で目《め》をとじたら、すぐにすとんと夢《ゆめ》の中《なか》にもどっていった。

3 鳥居《とりい》くんと二人《ふたり》の場合《ばあい》

「静志郎《せいしろう》さあーん！」

遠《とお》くからよぶ声《こえ》がして、ふりかえるとそこには、おっこがいた。

おっこは大《おお》きなリボンをゆらゆらさせながら、えび茶色《ちゃいろ》のはかまのすそをひるがえし、大急《おおいそ》ぎで松林《まつばやし》の向《む》こうからかけてきた。

「待《ま》って！」

今《いま》はやりの*ハイカラなブーツをはいているとはいえ、ここは砂浜《すなはま》、やわらかい砂《すな》に足《あし》を取《と》られて、今《いま》にもつんのめりそうだ。

（まったく、そんなに急《いそ》がなくてもいいのに。おっこちゃんは、おてんばさんだなあ。）

「おっこちゃん。そんなに急《いそ》ぐとあぶないよ……。」

静志郎《せいしろう》が言《い》いおわらないうちに、

「きゃ！」

おっこは、貝《かい》をふんだブーツのかかとがすべって、がくっと前《まえ》のめりになった。

「あぶない！」

静志郎《せいしろう》はすかさず、*マントを後《うし》ろにはらって、しっかりとおっこの体《からだ》を受《う》けとめた。

「……だいじょうぶ？」

黒《くろ》いつめえりの制服《せいふく》の胸《むね》にたおれこんできた、あわてんぼうのお嬢《じょう》さんにそっとたずねた。

「……ありがとう。」

おっこは、はずかしそうに顔《かお》を赤《あか》らめていたかと思《おも》うと、浜《はま》に落《お》ちた静志郎《せいしろう》の学帽《がくぼう》を見《み》つけて、大《おお》きく目《め》を開《ひら》いた。

「あら、いけない！　大事《だいじ》なお帽子《ぼうし》が！」

おっこは、ぱっと静志郎《せいしろう》からはなれると、静志郎《せいしろう》の学帽《がくぼう》をひろった。

「ごめんなさい！　砂《すな》がたくさんついちゃったわ。」

「はは、いいさ。こういう帽子《ぼうし》は、わざとよごしてかぶるほうが、いいんだよ。」

「まあ、そうなの？　わざわざきたなくするなんて。バンカラ*学生《がくせい》さんの考《かんが》えることはよくわからないわ！」

おっこは、砂《すな》をはたいた帽子《ぼうし》を、背伸《せの》びして静志郎《せいしろう》の頭《あたま》にそっとのせた。

「それで、おっこちゃん。いったいどうしたの？　そんなにいっしょうけんめい走《はし》って、ぼくを追《お》いかけなきゃいけないようなことがあったの？」

「まあ。静志郎《せいしろう》さんたら！　またそんなことを言《い》って。約束《やくそく》をわすれたの？」

おっこが、もうっとふくれっつらになった。

「約束《やくそく》って、なんだったっけ？」

「ひどいわ！　本当《ほんとう》にわすれちゃったの？　二人《ふたり》で海岸《かいがん》をお散歩《さんぽ》しましょうって、きのう言《い》ったじゃない！　明日《あす》はお天気《てんき》がいいから、富士山《ふじさん》もきれいに見《み》えるだろうし、それをながめながら歩《ある》こうって。あたし、もう先生《せんせい》のお話《はなし》が終《お》わるのを今《いま》か今《いま》かと待《ま》ってて、お友《とも》だちがびっくりするようなスピードで、女学校《じょがっこう》を飛《と》び出《だ》してきたのよ！」

「ああ！　そうだったね！　つい今書《いまか》いている論文《ろんぶん》について、考《かんが》えていたから……。うっかりしていたよ。」

すると、おっこは、はあーっとためいきをついて、ほおに手《て》をあてた。

「静志郎《せいしろう》さんったら、いつも学問《がくもん》に夢中《むちゅう》なのねえ。」

「ははは。うそだよ。おっこちゃんとの約束《やくそく》をわすれてはいないよ。」

「本当《ほんとう》？」

「本当《ほんとう》さ、ほら。」

静志郎《せいしろう》は、さげていたかばんから、一冊《さつ》の少女雑誌《しょうじょざっし》を取《と》り出《だ》した。

「まあ！　ありがとう！」

「おっこちゃんにあげようと思《おも》ってね。＊モダンなさし絵《え》が評判《ひょうばん》らしいよ。」

「うれしいわ！　あたし＊夢二先生《ゆめじせんせい》の大《だい》ファンなの！」

いっぺんにごきげんになったおっこは、雑誌《ざっし》を胸《むね》にしっかりとだいた。

「よかったよ。笑《わら》ってくれて。」

静志郎《せいしろう》も微笑《ほほえ》んだ。

「おっこちゃんが、いつも笑顔《えがお》でいてくれないと、ぼくは学問《がくもん》にも身《み》が入《はい》らないよ。」

「静志郎《せいしろう》さん……。」

おっこは、はずかしそうにほおを桜色《さくらいろ》にそめて、微笑《ほほえ》んだ。

「ほら、見《み》てごらん。富士山《ふじさん》があんなにきれいだ。」

静志郎《せいしろう》の指《ゆび》さしたほうに、くっきりと、雲《くも》をいただいた青《あお》い富士《ふじ》が見《み》えた。

「本当《ほんとう》。きれいねえ。」

二人《ふたり》は浜辺《はまべ》にならんで、美《うつく》しい富士《ふじ》を見上《みあ》げた。

松《まつ》の間《あいだ》をふきぬけるさわやかな風《かぜ》が、おっこの長《なが》い髪《かみ》を、リボンといっしょにさあっと静志郎《せいしろう》の肩《かた》にまでふきながした。

どこかから、二人《ふたり》を祝福《しゅくふく》するように、うぐいすの鳴《な》く声《こえ》が聞《き》こえた。

(ああ、これこそ青春《せいしゅん》だ!)

夢《ゆめ》がかなった静志郎《せいしろう》は、感動《かんどう》で胸《むね》がいっぱいになっていた。

おっこには、論文《ろんぶん》のことを考《かんが》えていて、などと言《い》っていたが、それはバンカラ学生《がくせい》としてのせいいっぱいの見栄《みえ》だった。本当《ほんとう》は静志郎《せいしろう》のほうこそ、この浜辺《はまべ》での*あいびきを夢見《ゆめみ》て、心待《こころま》ちにしていたのだ。

いつさそおうか、どうさそおうか、二年《ねん》も考《かんが》えたのだと知《し》ったら、おっこはきっとおど

ろいて、あの大《おお》きなまん丸《まる》い目《め》を「まあ！」と見張《みは》るだろう。

プレゼントの雑誌《ざっし》も、おっこが絵描《えか》きの夢二《ゆめじ》のファンだというのを人《ひと》づてに聞《き》き、母《はは》にたのんで選《えら》んでもらったものだった。

（これから、どんな話《はなし》をしようか。）

富士《ふじ》に見入《みい》っているおっこの横顔《よこがお》に見《み》とれながら、静志郎《せいしろう》は思《おも》った。

（いや、もう、よけいな言葉《ことば》はいらないさ。こうして、いっしょにならんでいることこそに意味《いみ》があり、そしてぼくらは……。）

静志郎《せいしろう》が感慨《かんがい》にふけっていると、

「おい！　よせ！　いたい！　落《お》ちつけったら！」

二人《ふたり》の幸《しあわ》せな静寂《せいじゃく》をやぶる、無粋《ぶすい》で野蛮《やばん》なさけび声《ごえ》がした。

静志郎《せいしろう》は、声《こえ》のするほうを見《み》やった。

すると、松林《まつばやし》の手前《てまえ》で、やけに色《いろ》の黒《くろ》い少年《しょうねん》が、黄色《きいろ》いドレスを着《き》た女《おんな》の子《こ》にどーんといきおいよくつきとばされているのが見《み》えた。

「わあ！　いてて！」

少年《しょうねん》は、砂浜《すなはま》であおむけにひっくりかえって、全身砂《ぜんしんすな》まみれになった。

しかし、女《おんな》の子《こ》のほうは、いかりがおさまらないらしく、

「ウリケンのバカ！」

小《ちい》さなハンドバッグのようなもので、少年《しょうねん》をなぐっている。

（なんて、血気盛《けっきさか》んなマドンナ*なんだろう。）

静志郎《せいしろう》はあきれてしまった。

（いくら、女性《じょせい》の地位《ちい》が向上《こうじょう》したとはいえ、乱暴《らんぼう》なのはいただけないな。）

「ウリケンのバカバカバカ！　そんなにひなのさんが好《す》きなら、ずーっとひなのさんといっしょにいればいいでしょ？」

「お、おれは、ひなののことなんか、なんとも思《おも》ってないよ！　本当《ほんとう》だって！」

「うそ！　さっきから、ひなのさんのことばっかりほめてるわ！　ひなのさんの話《はなし》をするとき、すっごくうれしそうだし！」

「だからそれは、おまえにやきもちをやかせようと思《おも》ってさ。わざとおおげさに言《い》ってみただけなんだって。」

少年《しょうねん》が、必死《ひっし》に言《い》い訳《わけ》した。

（やきもちをやいてほしかったのか……。彼《かれ》の気持《きも》ちもわかるような気《き》がするけど……しかし、あんなに激《はげ》しく攻撃《こうげき》されるのは、いやだな……。ぼくは絶対《ぜったい》にそういうことはしないでおこう。）

バッグでなぐられつづける少年《しょうねん》の様子《ようす》をながめながら、静志郎《せいしろう》は心《こころ》に決《き》めた。

「いて、いてて！　おっこ！　もうかんべんしてくれよ！」

少年《しょうねん》の言葉《ことば》で、静志郎《せいしろう》は、はっとした。

「おっこ……ちゃん？」

黄色《きいろ》いドレスのそのやきもちやきの女《おんな》の子《こ》は、おっこそっくりだった。

「なあに？　静志郎《せいしろう》さん。」

静志郎《せいしろう》のすぐ横《よこ》で、女学生《じょがくせい》のおっこが、リボンの形《かたち》がくずれるのを気《き》にしながら、おしとやかに返事《へんじ》した。

「あ、いや。なんでも……。あそこの二人《ふたり》のことがちょっと気《き》になって。」

静志郎《せいしろう》が説明《せつめい》しようとしたそのとき。

「おっこちゃん！　待《ま》って！」

またちがう少年《しょうねん》の声《こえ》が、別《べつ》の方向《ほうこう》から聞《き》こえた。

見《み》ると、紺色《こんいろ》の地味《じみ》な着物《きもの》を着《き》た女《おんな》の子《こ》が、たもとで顔《かお》をおおいながら、松林《まつばやし》から走《はし》ってきた。

「おっこちゃん！」

髪《かみ》をおだんごにまとめ、まるで旅館《りょかん》の仲居《なかい》さんのようなかっこうをしているが、それはまぎれもなく、おっこだった。

そのあとを、おっこの名前《なまえ》をよびながら、まるで西洋人形《せいようにんぎょう》のような、きゃしゃで色白《いろじろ》の美《うつく》しい少年《しょうねん》が追《お》いかけてきた。

「待《ま》って！　ちがうんだよ！　ぼくは、けっしてきみがきらいってわけじゃないんだ！」

すると、着物《きもの》すがたのおっこが立《た》ちどまって、涙《なみだ》をいっぱいにためた目《め》で、

「そうなんですか？」

と、美少年《びしょうねん》にたずねた。

「そ、そうなんだ。だから泣《な》かないで……。」

「でも、でも、あかねさんは、あたしのことは好《す》きではないでしょう？　だって真月《まつき》さんって人《ひと》がいるもの。」

「そ、それは……。」

美少年《びしょうねん》の顔色《かおいろ》が、紙《かみ》のように真《ま》っ白《しろ》になった。

（これはまた、やっかいだな。彼《かれ》はほかに恋人《こいびと》がいるのか。）

静志郎《せいしろう》は、うでぐみしてううんとうなった。

「でも、きみの気持《きも》ちはうれしいよ。ぼくはけっしてきみをきらいではないし、そのどっちかというと、好《す》きかも……。」

「真月《まつき》さんよりも？」

「そ、それは……。」

美少年《びしょうねん》の顔色《かおいろ》が、今度《こんど》は富士《ふじ》のように真《ま》っ青《さお》になった。

「きみ、大事《だいじ》な人《ひと》がいるのに、ほかの女《おんな》の子《こ》を引《ひ》きとめようとするのは、いけないことじゃないのか？」

　つい、静志郎《せいしろう》は口《くち》を出《だ》してしまった。

「それは、こちらのおっこちゃんに失礼《しつれい》じゃないか。おことわりするなら、はっきりそうしたほうがいい。」

すると、美少年《びしょうねん》は、困惑《こんわく》した顔《かお》つきで静志郎《せいしろう》を見《み》た。

「……あなたは？」

「失礼《しつれい》しました。おっこちゃんと親《した》しい、澄川静志郎《すみかわせいしろう》といいます。梅《うめ》の香神社《かじんじゃ》の者《もの》です。」

静志郎《せいしろう》は、学帽《がくぼう》を取《と》ってあいさつした。

「梅《うめ》の香神社《かじんじゃ》の……、ああ！　あなたが鳥居《とりい》くんですか！　真月《まつき》さんやおっこちゃんから、おうわさは聞《き》いています。未来《みらい》の神主《かんぬし》さんは、たいへんな秀才《しゅうさい》で人気者《にんきもの》だって。」

「それはどうも……。あなたは？」

「ぼくは神田《かんだ》あかねといいます。春《はる》の屋旅館《やりょかん》には、ときどき泊《と》まりに行《い》ってます。」

「真月《まつき》さんが、あなたの大事《だいじ》な人《ひと》だということですが、それは、秋好旅館《しゅうこうりょかん》の、秋野真月《あきのまつき》さんのことですか？」

「そうなんです。最近《さいきん》、彼女《かのじょ》とつきあいはじめて、すごくうまくいってるんですが。」

「それなら、ますます、おっこちゃんに軽々《かるがる》しいことを言《い》ってはいけないと思《おも》いますよ。」

すると、あかねも負《ま》けじと言《い》いかえしてきた。

「鳥居《とりい》くん。さっき、おっこちゃんと親《した》しいと、言《い》ってませんでしたか？」

「ええ。そうですよ。今《いま》だって、あいびきの最中《さいちゅう》で。」

「あいびき？　デートのことですか？　おっこちゃんと？　どうして？」

あかねがけげんな顔《かお》をした。

「どうしてって、ぼくがおっこちゃんに、申《もう》しこんだからですよ。」

「おかしいな。おっこちゃんは……ぼくに告白《こくはく》してきて、その話《はなし》の最中《さいちゅう》なんですよ。」

「ちょっと待《ま》ったあ！　今《いま》、みょうなことが聞《き》こえたぞ！」

さっきまで、やきもちやきのおっこになぐられていた、色《いろ》の黒《くろ》い少年《しょうねん》が話《はなし》にわりこんできた。

「おっこがどうして、鳥居《とりい》とデートするんだ？　あかねに告白《こくはく》するんだ？　おっこはおれのカノジョなんだぞ！」

「ウリケンくんも、ここにいたんだ。」

あかねが、びっくりした顔《かお》で言《い》った。

「ああ！　あなた、おっこちゃんの親《した》しいお友《とも》だちのウリケンさん！　あなたのことはおっこちゃんから、聞《き》いてますよ！」

静《せい》志《し》郎《ろう》は、ウリケンにもていねいにあいさつした。

「親《した》しいお友《とも》だち……じゃないって！　カノジョだから、おっこはおれにやきもちやいておこってたんだよ！　わっかんねえなあ。」

ウリケンは、むっとして目玉《めだま》をぐりぐり動《うご》かした。

「まさか。だっておっこちゃんは今《いま》、ぼくとあいびきの最中《さいちゅう》なんですよ。」

「まさか。だっておっこちゃんは今《いま》、ぼくにせまっている最中《さいちゅう》なんだよ！」

静《せい》志《し》郎《ろう》とあかねの声《こえ》が重《かさ》なった。

「そこまで言《い》うんだったら、おっこに聞《き》いてくれ！　おい、おっこ！　今《いま》おまえ、おれにやきもちやいて、すっごくおこってるんだよな？」

ウリケンは、おっこのほうをふりかえって聞《き》いた。

「おっこちゃん！　今《いま》、ぼくに告白《こくはく》してくれたよね？　真月《まつき》さんより、好《す》きかどうかって聞《き》いてきたよね？」

あかねは、おっこを見《み》てたずねた。

「みんなが大《おお》きな誤解《ごかい》をしているみたいだよ。おっこちゃん。こまったねえ。」

静志郎《せいしろう》は、おっこに話《はな》しかけた。

「「あれ？」」

おっこは、いなかった。

どのおっこも、いつのまにか、砂浜《すなはま》にまぎれた砂《すな》つぶのように、きれいにそのすがたを消《け》していた。

「どういうことだ？」

取《と》りのこされた男子《だんし》三人《にん》は、ぽかんとして立《た》ちすくんだ。

*ハイカラ／西洋風《せいようふう》の身《み》なりや生活様式《せいかつようしき》のこと。また、それをする人《ひと》。

*マント／ゆったりとしたコート。日本《にっぽん》ではそでなしのものをいう。旧制中学校《きゅうせいちゅうがっこう》、旧制高等学校《きゅうせいこうとうがっこう》、大学《だいがく》の学生《がくせい》が制服《せいふく》の上《うえ》に着用《ちゃくよう》していた。

*バンカラ（蛮《バン》カラ）／ハイカラの反対《はんたい》。服装《ふくそう》、言動《げんどう》が粗野《そや》なこと。また、それをする人《ひと》。

*モダン／今風《いまふう》でおしゃれなこと。

*あいびき／男《おとこ》の人《ひと》と女《おんな》の人《ひと》が、こっそりデートすること。

*夢二《ゆめじ》／明治《めいじ》から昭和《しょうわ》にかけて活躍《かつやく》した画家《がか》・詩人《しじん》、竹久夢二《たけひさゆめじ》。美人画《びじんが》が有名《ゆうめい》。

*マドンナ／あこがれの対象《たいしょう》となる美女《びじょ》。

*ハイカラ、バンカラ、モダン、マドンナといったことばは、大正時代《たいしょうじだい》によく使《つか》われた、当時《とうじ》の流行《りゅうこう》を表《あらわ》すことばでもあります。

4 縁起《えんぎ》のいい夢《ゆめ》？

「いったいどういうことだ？」

「おっこちゃんはどこに行《い》ったの？」

「なんだかヘンだな……。」

三人《にん》は、首《くび》をかしげて考《かんが》えあった。

「ぼくの夢《ゆめ》の中《なか》に、なんで、ウリケンさんやあかねさんなんて、ちゃんと話《はなし》もしたことがない人《ひと》が出《で》てくるんだろう。」

鳥居《とりい》くんがそうつぶやいたので、ウリケンもあかねも、ひゃっと息《いき》をのんだ。

「と、鳥居《とりい》くん！　これ、鳥居《とりい》くんの夢《ゆめ》なんですか？」

あかねが聞《き》きかえした。

すると鳥居《とりい》くんは、あっさりと、

「そうですよ。」

と、うなずいた。

「ぼくは、こういう夢《ゆめ》が見《み》たいなって思《おも》うと、本当《ほんとう》に見《み》られるんです。だから今日《きょう》は、大正時代《たいしょうじだい》を背景《はいけい》に、ロマンあふれるあいびきの夢《ゆめ》を見《み》ていたんですよ。だけど、どうして今日《きょう》はこんな混乱《こんらん》が起《お》こったのかなあ。」

鳥居《とりい》くんが、ううんと考《かんが》えた。

「お、お、思《おも》い出《だ》した！　おれも寝《ね》てたぞ！」

ウリケンが、手《て》をばしんとうった。

「おれも、おっこの夢見《ゆめみ》てて、ふだんはやきもちをぜんぜんやいてくれないおっこが、かわいーくやいてくれるもんだから、うれしくて、もう一回《いっかい》その夢《ゆめ》の続《つづ》きを見《み》ようと思《おも》って寝《ね》たんだった！」

「そういえば、ぼくもだ。」

あかねも、うなずいた。

「真月《まつき》さんひとすじのぼくが、どうしてこんな夢《ゆめ》を？　と思《おも》いながらもつい、続《つづ》きが見《み》たくて、ねむったんだ。だから、ぼくも夢《ゆめ》の中《なか》のはずなんだ。」

「ますますおかしいな。みんなの夢《ゆめ》がつながるなんて。これはまさか……。」

鳥居《とりい》くんが、はっとひらめいた様子《ようす》で言《い》った。

「魔《ま》のしわざかもしれない。」

「え？」

「魔《ま》？」

「夢《ゆめ》に入《はい》りこむ魔物《まもの》っているんですよ。父《ちち》に聞《き》いたことがあります。そいつのしわざかもしれないな。うーん……どうもあの富士《ふじ》のあたりが怪《あや》しいな……。」

鳥居《とりい》くんが富士《ふじ》を指《ゆび》さした。

「え？　富士《ふじ》が怪《あや》しいのか？」

「どのあたりが？」

「あの雲《くも》のあたりが、おかしいんです。さっきからはりついたみたいに動《うご》かない。それに、あまりにもきれいすぎる気《き》がする。」

鳥居《とりい》くんが、そう言《い》いきったとたん。

ぺろっと雲《くも》が紙《かみ》のようにめくれて、茶色《ちゃいろ》い顔《かお》がふたつのぞいた。

「さすが、梅《うめ》の香《か》神社《じんじゃ》のご子息《しそく》！　するどい！　すばらしいでげすなー！」

雲《くも》をめくって飛《と》び出《だ》してきたのは、小《ち》さな鬼《おに》の二人組《ふたりぐみ》だった。

一人《ひとり》は革《かわ》の腰巻《こしまき》を身《み》につけた小鬼《こおに》。

もう一人《ひとり》は、はでなはっぴを着《き》て、小《ちい》さなタイコをさげた、いかにもひょうきんそうな小鬼《こおに》だった。

「鬼《おに》のしわざだったのか！」

鳥居《とりい》くんは、感心《かんしん》したようにそう言《い》ったが、ウリケンもあかねもびっくりしすぎて、声《こえ》も出《で》なかった。

「いやあ、さすが夢《ゆめ》の神様《かみさま》をお祀《まつ》りしてらっしゃる神社《じんじゃ》のあとつぎ！　未来《みらい》の神主《かんぬし》さん！　夢《ゆめ》を好《す》きに見《み》られちゃう男《おとこ》！　にくいよ！　梅《うめ》の香《か》の若《わか》だんな！」

小鬼《こおに》は、どんどんどん！　と、タイコをたたきながら、さわがしく鳥居《とりい》くんをほめちぎった。

「調子《ちょうし》のいいやつだなあ。鬼《おに》ってこういうものなんですか？　ずいぶん、イメージがくるうんだけど。」

あかねが、鳥居《とりい》くんに聞《き》いた。

「ぼくも鬼《おに》としゃべるのは初《はじ》めてですからね。想像《そうぞう》を絶《ぜっ》するなあ。きみが夢魔《むま》なのかい？」

「さすが梅《うめ》の香《か》の若《わか》だんな！　なにもかもお見通《みとお》し！（どんどんどーん！　と、ここでタイコ。）人間《にんげん》のみなさんに、すてきな夢《ゆめ》をプレゼンツ、夢魔鬼千《むまきち》と申《もう》しまーす！（どんどんどーん！）」

「きみは？」

「親戚《しんせき》の鈴鬼《すずき》です。さわがしくてすいません。こいつに悪気《わるぎ》はないんですけども、こら、タイコやめろよ。どうもごめいわくおかけして申《もう》し訳《わけ》ありません。」

鈴鬼《すずき》は、夢魔鬼千《むまきち》の手《て》をおさえてあいさつした。

「こっちは、ずいぶん礼儀正《れいぎただ》しい鬼《おに》だな！」

ウリケンが感心《かんしん》したようにつぶやいた。

「それでいったい、どうしてぼくらの夢《ゆめ》がこんなことになったのかな？　教《おし》えてもらえたら、ありがたいんだけど。」

鳥居《とりい》くんが、同《おな》じクラスの子《こ》に話《はな》しかけるような調子《ちょうし》で、小鬼《こおに》たちにそうたずねた。

「いや、その、じつは。」

鈴鬼《すずき》が、夢魔鬼千《むまきち》から取《と》りあげたタイコをかかえたまま説明《せつめい》した。

「ゆうべから夢魔鬼千《むまきち》が、この花《はな》の湯温泉関係者《ゆおんせんかんけいしゃ》の夢《ゆめ》をあつかう当番《とうばん》だったんです。それで近《ちか》くまで来《き》てるんだったら、ひさしぶりに宴会《えんかい》でもしようかということになって。」

「ぱーっと陽気《ようき》にいきたいじゃないですか！　こちらは若《わか》だんながたとちがって、暗《くら》いとこで、いっつも地味《じみ》にやってんですから！　なあ鈴鬼《すずき》！　どんどんどーん！（と、これは口《くち》で言《い》った。）」

鈴鬼《すずき》は、ハイテンションの夢魔鬼千《むまきち》を無視《むし》して、説明《せつめい》を続《つづ》けた。

「本当《ほんとう》は、夢魔鬼千《むまきち》の仕事《しごと》が終《お》わってから飲《の》むつもりだったんですが、まあ夢《ゆめ》のほうは適《てき》当《とう》でいいじゃないか、もう飲《の》んじゃおうよってことになって……。」

「適当《てきとう》って……。それで三人《にん》ともおっこちゃんの夢《ゆめ》を適当《てきとう》に見《み》せられたってこと？」

あかねの質問《しつもん》に、夢魔鬼千《むまきち》は、笑顔《えがお》で「へい。」とうなずいた。

「気《き》になる人《ひと》の夢《ゆめ》を見《み》てさえもらえば、まあ、たいがいのかたがいい気分《きぶん》になって、夢《ゆめ》にのめりこんでくれやすからね！　みなさんが、ふかあーく夢《ゆめ》の中《なか》に入《はい》りこんで、どきどきわくわくなさっていただければ、そのぶん、たくさん夢力《ゆめぢから》を回収《かいしゅう》できるってわけです。」

「夢力《ゆめぢから》……。つまり、おれたちが夢《ゆめ》のおっこでどきどきしたぶん、おまえに力《ちから》を吸《す》いとられてたってわけか！　どうりで一回起《かいお》きたとき、なんだかつかれた感《かん》じがしたよ！」

ウリケンが、あきれたようにそう言《い》った。

「ぼくなんか、体《からだ》が弱《よわ》いほうなのに、寝《ね》ているときにまで体力《たいりょく》を消耗《しょうもう》させられちゃたまらないよ。」

あかねが、悲《かな》しげに首《くび》を横《よこ》にふった。

「でも、とちゅうまででも若《わか》だんながた、いい夢《ゆめ》、ごらんになったでしょ!?　楽《たの》しくって、どきどきわくわくなさったでしょ!?」

夢魔鬼千《むまきち》がもみ手《で》をしながら聞《き》いてきた。

「そ、それは……。」

「たしかにそうだけど……。」

ウリケンとあかねが、気《き》まずそうにみとめた。

「で、楽《たの》しい夢《ゆめ》が順調《じゅんちょう》に進《すす》んでいったのに、よっぱらって、仕事《しごと》をおざなりにしているうちに、ぼくらの夢《ゆめ》がまざってしまったってことなの？」

鳥居《とりい》くんの冷静《れいせい》な問《と》いかけに、夢魔鬼千《むまきち》と鈴鬼《すずき》が、そろって肩《かた》をすくめた。

「そ、そのとおりです。すいません。」

「申《もう》し訳《わけ》ないことでやんす。このおわびはかならずいたしますです！」

「おわび？　夢魔《むま》のきみが、どんなおわびをしてくれるの。」

「それはええと。まずいただいた夢力《ゆめぢから》はお返《かえ》しいたします。明日起《あすお》きたときには若《わか》だんながたはスッキリさわやか、元気《げんき》いっぱいのお目覚《めざ》めです。」

「それは助《たす》かるよ。明日《あす》は真月《まつき》さんとデートなんだ。」

ほうっとあかねが胸《むね》をなでおろした。

「それから？　ほかには？」

ウリケンが、聞《き》いた。

「それはこのあとのお楽《たの》しみでやんす！　なにが出《で》ますか、お楽《たの》しみーい！」

どんどんどんどーん！

夢魔鬼千《むまきち》は、鈴鬼《すずき》から取《と》りかえしたタイコを、思《おも》いきりうちならした。

「もう夜明《よあ》けですので、ぼくらはこれで。失礼《しつれい》いたしました。」

鈴鬼《すずき》はぺこっと頭《あたま》を下《さ》げ、夢魔鬼千《むまきち》のうでをつかんで、空《そら》に飛《と》びあがった。そしてそのまま、すうっと空《そら》の中《なか》ほどで、すがたを消《け》した。

残《のこ》された三人《にん》は、小鬼《こおに》たちが消《き》えたほうを見《み》て、あっとおどろいた。

「富士山《ふじさん》が！」

「な、七色《なないろ》に光《ひか》ってるよ！」

「……きれいだ！」

虹色《にじいろ》にかがやく富士山《ふじさん》の向《む》こうから、大《おお》きな鳥《とり》があらわれた。長《なが》いつばさで風《かぜ》を切《き》り、すーいっと山《やま》を横切《よこぎ》った。続《つづ》けて紫《むらさき》の、底《そこ》の丸《まる》いものがぽぽぽっとうかんで、雲《くも》のかわりに雪《ゆき》をいただいた山頂《さんちょう》の近《ちか》くでふわふわおどった。

「あ！　あれは？　いったい？」

あかねが、ウリケンの顔《かお》を見《み》た。

「あれだな！　あれ、おばあちゃんが言《い》ってた。一富士《いちふじ》、二鷹《にたか》……。」

「三《さん》なすび。夢《ゆめ》で見《み》るとすごく縁起《えんぎ》がいいものとされています。とくに初夢《はつゆめ》で見《み》るといいと言《い》われている……とってもおきの吉夢《きちむ》ですね。」

鳥居《とりい》くんが、うなずいた。

「吉夢《きちむ》……。」

「縁起《えんぎ》がいい夢《ゆめ》……。」

「これが夢魔鬼千《むまきち》のおわびなんでしょうね。」

「ふーん……。」

「へええ……。」

三人《にん》の男子《だんし》は、波《なみ》のうちよせる海岸《かいがん》にならんで、青空《あおぞら》いっぱいにくりひろげられる、とびっきりのあざやかな夢《ゆめ》に、ただ見入《みい》ったのだった。

5　おっこはいつもいそがしい

「んー！　いいお天気《てんき》！」

おっこは、朝日《あさひ》に向《む》かって両手《りょうて》を広《ひろ》げた。

ほんのりあたたかい空気《くうき》が、おっこのひたいやほおをやさしく包《つつ》む。

（もう、春《はる》なんだわ……。）

なんだか、いいことがありそうな、うきうきした気持《きも》ちでおっこは学校《がっこう》に行《い》った。

「おはよう！」

いつにもまして大《おお》きな声《こえ》であいさつしながら、おっこはいきおいよく教室《きょうしつ》に入《はい》った。

すると、転《ころ》がっていたチョークをふんで、ずるっと足《あし》がすべった。

「きゃ！」

悲鳴《ひめい》をあげて、たおれかけたそのとき。

「あぶない！」

どしん！　だれかの胸《むね》に顔《かお》がぶつかった。

転《ころ》ばないように、とっさにだきとめてくれた相手《あいて》の顔《かお》を見上《みあ》げて、

「あ！　鳥居《とりい》くん！」

おっこは、びっくりした。

「ごめんなさい！　あたし、朝《あさ》からそそっかしいわね。」

おっこがぶつけた鼻《はな》をおさえて笑《わら》うと、鳥居《とりい》くんは、

「……う、うん。」

なぜか気《き》まずそうに目《め》をそらして、おっこからぱっとはなれた。

ふと見《み》ると、鳥居《とりい》くんの足元《あしもと》に、帽子《ぼうし》が落《お》ちていた。

「あら！　これ鳥居《とりい》くんの？　いっけない。あたしのせいで落《お》としちゃったのね！」

おっこは、スポーツブランドのロゴが入《はい》ったその帽子《ぼうし》をひろって、ぱんぱん！とほこりをはらい、鳥居《とりい》くんにぽんと手《て》わたした。

「よごれちゃったかも！　ごめんね。」

「……う、うん。」

鳥居《とりい》くんは、おっこからわたされた帽子《ぼうし》をじいっと見《み》ながら、なぜだか複雑《ふくざつ》な表情《ひょうじょう》をして、考《かんが》えこんでいた。

「鳥居《とりい》くん、どうしたの？」

「え？」

「なんだかぼうっとして……元気《げんき》がないみたいだけど。」

おっこがたずねると。

「い、いや、そんなことないよ。ただちょっとゆうべの……がよみがえって……。」

「ゆうべの？　なに？」

おっこがさらに聞《き》いたら、鳥居《とりい》くんは、ぱっと顔《かお》を赤《あか》くした。

「ええと。その、寝不足《ねぶそく》でね。はは。それでちょっとぼうっとしてたんだ。」

「まあ、そう。あんまりねむいようだったら保健委員《ほけんいいん》の里見《さとみ》さんに言《い》って、保健室《ほけんしつ》に連《つ》れていってもらったら？」

「いや、そんな。だいじょうぶさ。はは、はは！」

鳥居《とりい》くんは、帽子《ぼうし》を持《も》って、ささっと早足《はやあし》で教室《きょうしつ》を出《で》ていってしまった。

（鳥居《とりい》くん、本当《ほんとう》にだいじょうぶかしら。いつもさわやかな鳥居《とりい》くんらしくないわ。）

教室《きょうしつ》のおくのほうを見《み》ると、真月《まつき》が、ほおづえをついてスマホをながめていた。

「真月《まつき》さん、おはよう！」

元気《げんき》にあいさつしたが、真月《まつき》のほうは、

「……ああ、おはよう。あなたって、本当《ほんとう》にいつも声《こえ》が大《おお》きいわね。」

と、ややぼんやりした様子《ようす》でそう言《い》った。

「……真月《まつき》さん、どうかした？　なんだか気《き》になることでもあるの？」

「……あなたにかくしてもしょうがないわね。じつはあかねさんのことでちょっと。」

真月《まつき》が、ためいきをついた。

おっこは真月《まつき》の前《まえ》の席《せき》にすわって、たずねた。

「あかねさんとケンカでもしたの？」

「そうじゃないんだけど……。なんだか彼《かれ》がヘンなのよ。」

「ヘンって？」

「朝《あさ》からわざわざ電話《でんわ》をくれたのはいいんだけど、おかしなことばかり聞《き》いてくるの。なにか夢《ゆめ》を見《み》なかったか、とか、もし見《み》たとしても夢《ゆめ》はしょせん夢《ゆめ》だから気《き》にしないでわすれたほうがいいとか。」

「ええ？　夢《ゆめ》？」

おっこは、首《くび》をひねった。

「真月《まつき》さん、なにか夢《ゆめ》の話《はなし》でもしてたの？　夢占《ゆめうらな》いとか。」

「いいえ。そんな話題《わだい》も初《はじ》めてよ。で、『どうしちゃったの？　あかねさん、こわい夢《ゆめ》でも見《み》たの？』って聞《き》いたら、すっごくあせった声《こえ》で『なにもないよ！　ぼくはなんにもおかしな夢《ゆめ》は見《み》てないよ！』って言《い》って、こっちの返事《へんじ》も待《ま》たずに切《き》っちゃったの。」

「あかねさん、体《からだ》の具合《ぐあい》でも悪《わる》いのじゃないかしら。前《まえ》に春《はる》の屋旅館《やりょかん》に泊《と》まってくださったときも、熱《ねっ》を出《だ》していたし。」

「そうね。あかねさん、病弱《びょうじゃく》だから、熱《ねっ》で悪夢《あくむ》にうなされたのかもしれないわね。」

真月《まつき》は、気《き》を取《と》りなおし、そうかたづけた。

すると、今度《こんど》はおっこのケータイがふるえた。

「あれ？　ウリケンからだわ。」

もうすぐ授業《じゅぎょう》が始《はじ》まるというこんな時間《じかん》に、ウリケンが電話《でんわ》をかけてくるなんてめずらしい。

「はあい！」

おっこはろうかに出《で》て、すみっこでケータイを耳《みみ》にあてた。

――おっこ……。おはよう……。

なんだか声《こえ》に張《は》りがない。

「あ、ウリケンおはよう！　どうしたの？」

――ええとー。その……、今学校《いまがっこう》だよな？

「ええ。」

――鳥居《とりい》くんに会《あ》った？

とうとつな質問《しつもん》に、おっこはめんくらった。

「え？　鳥居《とりい》くんと？　ええ、さっきちょっと話《はな》したけど？」

——あいつ……なんか言《い》ってた？

「なんかって？」

——いや、ええと、その、どんな話《はなし》をした？

「どんな話《はなし》って……。なんだかぼうっとしてて、寝不足《ねぶそく》だとか言《い》ってたけど、どうしてそんなこと聞《き》くの？」

——う、いや、ええと鳥居《とりい》くんはどんな様子《ようす》かなー、なんて思《おも》ってさ。そうか。寝不足《ねぶそく》ね。

「ウリケン、鳥居《とりい》くんと会《あ》ったことあったっけ？」

——あ、え、ええーっと。梅《うめ》の香神社《かじんじゃ》に野宿《のじゅく》してたときにちょっと。それに、おっこの話《はなし》でよく聞《き》くから、鳥居《とりい》くんのことが昔《むかし》からの友《とも》だちみたいな気《き》がするんだよな。

「まあ、そうなの！　じゃあ、今度《こんど》ちゃんと紹介《しょうかい》するわね。」

——そうかー。鳥居《とりい》くんは寝不足《ねぶそく》ね。えーっと、おっこはどう？

「あたし？　べつに寝不足《ねぶそく》じゃないわよ。」

——声《こえ》がすっごく元気《げんき》そうだもんな。そのぶんじゃ、いい夢見《ゆめみ》て、ぐっすり寝《ね》たんだろうな。

「夢《ゆめ》？　どうだったかしら。なんだかすごーくいそがしい夢《ゆめ》だったような……？」

――い、いそがしかったのか？

「そうそう。思《おも》い出《だ》してきたわ。なんでだかわからないんだけど、もう何回《なんかい》も着《き》がえて、あっちこっちに走《はし》っていかなくちゃいけなくて！　出番《でばん》です！　って声《こえ》がかかるのよ。あたし、女優《じょゆう》さんっていいなあ、なんて思《おも》いながら寝《ね》たから、あんな夢見《ゆめみ》たのかしら！」

――へ、へー。おっこ、女優《じょゆう》になりたかったのか？

「もう、こりごりよ。あんなにいそがしくって、たくさんの役《やく》になりきらなくちゃいけないのなんて、うんざりだわ。夢《ゆめ》でも、もうけっこうって感《かん》じ！」

――あ、役《やく》になりきってねえ……。へえ、そうだったのか……。

ウリケンが、興味深《きょうみぶか》そうに、あいづちをうってくれた。

「それにしても、今日《きょう》は夢《ゆめ》の話《はなし》がよく出《で》るわね！　さっき真月《まつき》さんと話《はな》していたんだけど……。」

おっこが、真月《まつき》に聞《き》いたあかねの様子《ようす》を話《はな》すと、ウリケンが爆笑《ばくしょう》した。

──あかねのやつ、そんなことを！　うはははは！　あいつらしいなあ！　真月《まつき》さんがよっぽどこわいんだな！　ははは！

おっこは、ウリケンの笑《わら》いがおさまるのを待《ま》ってたずねた。

「ウリケン、あかねさんと仲《なか》よかったっけ？」

──え？　う、うん。ちょっと、紫野原《しのはら》さんの屋敷《やしき》で会《あ》ったときに。それに、おっこの話《はなし》を聞《き》いてるうちに、昔《むかし》からの友《とも》だちみたいな気《き》がしてきてさ。

「まあ、そうなの！　じゃあ、今度《こんど》、あかねさんもちゃんと紹介《しょうかい》するわね！　鳥居《とりい》くんと三人《にん》、きっといいお友《とも》だちになれるわね！」

──おお。ぜひ男《おとこ》三人《にん》で会《あ》いたいな。

そこで予鈴《よれい》が鳴《な》った。

「またあとでかけるわ。」

そう言《い》って電話《でんわ》を切《き》った。

うれしい話《はなし》が決《き》まったので、おっこはにこにこと、じょうきげんで教室《きょうしつ》にもどった。

「……おっこさんは、元気《げんき》そうだよ。」

鈴鬼《すずき》が、教室《きょうしつ》の窓《まど》から中《なか》をのぞきこみながら、うなずいた。

「だいじょうぶ。若《わか》だんながたにはちゃんと返《かえ》しただろ？　夢力《ゆめぢから》。いや本当《ほんとう》に平気《へいき》だって。おっこさんにだけは、返《かえ》すのをわすれても、あの人《ひと》だけは、ふつうの生命力《せいめいりょく》じゃないから。夢魔鬼千《むまきち》もそんなに気《き》にしなくていいって。今《いま》も、ぴっかぴかの笑顔《えがお》でしゃべってるから。うん、じゃあな。また、近《ちか》くに来《き》たときにはよってくれよ。宴会《えんかい》しよう！」

鈴鬼《すずき》は、素魔《すま》ホを切《き》って、腰巻《こしまき》の中《なか》に入《い》れた。

授業《じゅぎょう》が始《はじ》まって、教室《きょうしつ》からもれていたざわめきが消《き》えた。

鈴鬼《すずき》は、もう一度《いちど》、窓《まど》ごしに中《なか》の様子《ようす》を見《み》た。

（うんうん。やっぱり、おっこさんはどう見《み》ても元気《げんき》そのものだな。鳥居《とりい》さんは……と。）

前《まえ》のほうの席《せき》の鳥居《とりい》くんのすがたをたしかめようとしたそのとき。

鳥居《とりい》くんがけげんそうな顔《かお》で、ちらっとこっちを向《む》いた。目《め》が合《あ》いそうになって、鈴鬼《すずき》はあわてて窓《まど》の下《した》に引《ひ》っこんだ。

（さすが神社《じんじゃ》の若《わか》だんな！　勘《かん》がいいな！　あぶないあぶない。見《み》つからないうちに春《はる》の屋旅館《やりょかん》に帰《かえ》ろう。）

鈴鬼《すずき》は、校庭《こうてい》をぶらぶらと歩《ある》きはじめた。

ぽかぽかした春《はる》の陽気《ようき》に包《つつ》まれて、地《ち》に落《お》ちた桜《さくら》の花《はな》びらを、ふみしめながら歩《ある》いていると、鈴鬼《すずき》はもうれつにねむくなってきた。

「ふわあああああ。帰《かえ》ったらすぐ寝《ね》よう……。」

どんな夢《ゆめ》も見《み》たことがない、魔物《まもの》の鈴鬼《すずき》だから、夢魔鬼千《むまきち》に知《し》らないあいだに夢力《ゆめぢから》を取《と》られる心配《しんぱい》はなかったが、しかし……。

（一回《いっかい》、夢《ゆめ》って見《み》てみたいもんだよな。けっこう楽《たの》しそうだし。）

そんなことを思《おも》いながら、家路《いえじ》についたのだった。

おわり

あとがき

令丈《れいじょう》ヒロ子《こ》

こんにちは。

「若《わか》おかみは小学生《しょうがくせい》！」シリーズ、二〇一四年《ねん》にスペシャル短編集《たんぺんしゅう》2を刊行《かんこう》してから約《やく》四年《ねん》ぶりの登場《とうじょう》です！

今回《こんかい》は、ウリ坊《ぼう》や美陽《みよ》ちゃんといっしょの時期《じき》のおっこちゃんを書《か》きました。

この三人《にん》の会話《かいわ》を書《か》き始《はじ》めたら、ものすごくひさしぶりなのに、さっきまでおしゃべりしていたみたいにするするっと話《はなし》がはずんで、とても楽《たの》しくて、おさななじみと会《あ》ったみたいにじーんとしてしまいました。

そして、このお話《はなし》で初《はじ》めておっこちゃんたちに出会《であ》う人《ひと》たちにも、ひさしぶりに再会《さいかい》する人《ひと》たちにも、同《おな》じように楽《たの》しんでもらえるようにと、願《ねが》いを込《こ》めて書《か》き下《お》ろしました。

またお手紙《てがみ》、おはがき、青《あお》い鳥文庫《とりぶんこ》の公式《こうしき》ホームページへのメッセージなどで、みなさんの感想《かんそう》をいただけたらうれしいです。

さてさて、この本《ほん》が刊行《かんこう》される時期《じき》にはもうスタートしているのですが、四月八日《がつようか》から『若《わか》おかみは小学生《しょうがくせい》！』がアニメ化《か》されます！

それもテレビ版《ばん》と、劇場映画版《げきじょうえいがばん》と二種類《しゅるい》あるのです！

テレビはテレビ東京系《とうきょうけい》（テレビ北海道《ほっかいどう》、テレビ東京《とうきょう》、テレビ愛知《あいち》、テレビ大阪《おおさか》、テレビせとうち、TVQ九州放送《ティーブイキューきゅうしゅうほうそう》）で毎週日曜日《まいしゅうにちようび》の朝《あさ》七時《じ》十四分《ぷん》から！

映画《えいが》は九月公開予定《がつこうかいよてい》です。

どちらの作品《さくひん》もすごいです。

動《うご》いているおっこちゃんたちの映像《えいぞう》を初《はじ》めて見《み》たとき、わたしの頭《あたま》の中《なか》から飛《と》び出《だ》してきたのかと思《おも》うほど、イメージにぴったりでした。登場人物《とうじょうじんぶつ》たちのあまりにも自然《しぜん》なその表情《ひょうじょう》や動《うご》きにおどろきました。

テレビ版《ばん》の監督《かんとく》は増原光幸《ますはらみつゆき》さん、谷東《たにあずま》さん。一話約《わやく》十五分《ふん》で春《はる》の屋旅館《やりょかん》でのおっこと、人外三人組《じんがいにんぐみ》のにぎやかな毎日《まいにち》が楽《たの》しく、すごくかわいく描《えが》かれていて、明《あか》るくゆかいな気《き》持《も》ちになれます。

あんまりかわいいので「もう一話《わ》、続《つづ》きを見《み》たい！」と果《は》てしなく思《おも》います。

映画版《えいがばん》の監督《かんとく》は高坂希太郎《こうさかきたろう》さん。原作《げんさく》の後半《こうはん》のせつない部分《ぶぶん》が美《うつく》しい映像《えいぞう》とともにみごとに描《えが》かれていて、ぜひご家族《かぞく》やお友《とも》だち同士《どうし》で観《み》ていただきたい作品《さくひん》です。

ラストシーンの美《うつく》しさと感動《かんどう》は圧巻《あっかん》です！（それに出《で》てくるお料理《りょうり》の映像《えいぞう》がめちゃくちゃおいしそうです。アニメ公式《こうしき》サイトのプロモーションビデオの卵焼《たまごや》きがすごいとネット上《じょう》で話題《わだい》になりました。）

またどちらの作品《さくひん》も、声優《せいゆう》さんが豪華《ごうか》でこれまたすごい！のです。

小林星蘭《こばやしせいらん》さんの声《こえ》は、かわいくてがんばりやさんのおっこちゃんにぴったりで、プロモーションビデオの声《こえ》を聞《き》いただけで、目《め》がうるうるしました。

真月《まつき》さんは水樹奈々《みずきなな》さん、ウリ坊《ぼう》は松田颯水《まつださつみ》さん、そのほかの声優《せいゆう》のみなさんも完璧《かんぺき》にキャラクターのイメージを表現《ひょうげん》してくださっています。

アフレコに立《た》ち会《あ》わせていただいたときには、みなさんのすごいパワーに圧倒《あっとう》され、感《かん》激《げき》しかありませんでした。

アニメ制作《せいさく》にかかわってくださった、すべてのみなさんにお礼《れい》を申《もう》し上《あ》げます。本当《ほんとう》に素晴《すば》らしい作品《さくひん》にしてくださって、ありがとうございます。

『若《わか》おかみは小学生《しょうがくせい》！』一巻《かん》は二〇〇三年《ねん》スタート、（今年《ことし》は十五周年《しゅうねん》です！）そのときにおっこと同《おな》い年《どし》ぐらいで読者《どくしゃ》だった方《かた》は、もうとっくに成人《せいじん》していますね。

新《あたら》しくこのシリーズを読《よ》み始《はじ》めた方《かた》と、前《まえ》に読者《どくしゃ》だった年上《としうえ》の人《ひと》たちが、アニメを見《み》たことをきっかけに、おっこやウリ坊《ぼう》のことを共通《きょうつう》の話題《わだい》にしてくれたりしたら、こんなにうれしいことはありません。

また、今《いま》、新《あたら》しいシリーズの企画《きかく》も着々《ちゃくちゃく》と進《すす》めています。次《つぎ》のお話《はなし》でお目《め》にかかれるのを楽《たの》しみにしています。

近所《きんじょ》の桜《さくら》が満開《まんかい》です！　の仕事部屋《しごとべや》より

二〇一八年《ねん》四月《がつ》

＊著者紹介

令丈《れいじょう》ヒロ子《こ》

大阪府生まれ。嵯峨美術短期大学卒業。講談社児童文学新人賞に応募した作品で、独特のユーモア感覚を注目され、作家デビュー。おもな作品に、「若おかみは小学生！」シリーズ、『温泉アイドルは小学生！（全3巻）』『アイドル・ことまり！（全3巻）』、『メニメニハート』（以上、講談社青い鳥文庫）、『パンプキン！　模擬原爆の夏』（講談社）、『ハリネズミ乙女、はじめての恋』（角川書店）、『なりたい二人』『かえたい二人』（PHP研究所）などがある。2018年、「若おかみは小学生！」シリーズがテレビアニメ化。劇場版アニメも公開される。

＊画家紹介

亜沙美《あさみ》

大阪府生まれ。京都芸術短期大学（現・京都造形芸術大学）ビジュアルデザインコース卒業。2001年、講談社フェーマススクールズ　コミックイラスト・グランプリ佳作入選。さし絵の作品に、「若おかみは小学生！」シリーズ、『温泉アイドルは小学生！（全3巻）』『アイドル・ことまり！（全3巻）』、『フランダースの犬』、『南総里見八犬伝（全3巻）』（以上、講談社青い鳥文庫）などがある。

第一話は書き下ろしです。第二話初出『おもしろい話が読みたい！（ラブリー編）』（二〇一〇年七月刊）、第三話初出『初恋アニヴァーサリー《記念日》』（二〇〇八年四月刊）に加筆、修正を加えました。

講談社　青い鳥文庫

若《わか》おかみは小学生《しょうがくせい》！

スペシャル短編集《たんぺんしゅう》⓪

令丈《れいじょう》ヒロ子《こ》

2018年５月15日　第１刷発行

（定価はカバーに表示してあります。）

発行者　渡瀬昌彦

発行所　株式会社講談社

東京都文京区音羽2-12-21　郵便番号112-8001

電話　編集（03）5395-3536

販売（03）5395-3625

業務（03）5395-3615

N.D.C.913　238p　18cm

装　丁　久住和代

印　刷　図書印刷株式会社

製　本　図書印刷株式会社

本文データ制作　講談社デジタル製作

ISBN978-4-06-511748-4

「講談社《こうだんしゃ》 青《あお》い鳥文庫《とりぶんこ》」刊行《かんこう》のことば

太陽《たいよう》と水《みず》と土《つち》のめぐみをうけて、葉《は》をしげらせ、花《はな》をさかせ、実《み》をむすんでいる森《もり》。小《こ》鳥《とり》や、けものや、こん虫《ちゅう》たちが、春《はる》・夏《なつ》・秋《あき》・冬《ふゆ》の生活《せいかつ》のリズムに合《あ》わせてくらしている森《もり》。森《もり》には、かぎりない自然《しぜん》の力《ちから》と、いのちのかがやきがあります。

本《ほん》の世界《せかい》も森《もり》と同《おな》じです。そこには、人間《にんげん》の理想《りそう》や知恵《ちえ》、夢《ゆめ》や楽《たの》しさがいっぱいつまっています。

本《ほん》の森《もり》をおとずれると、チルチルとミチルが「青《あお》い鳥《とり》」を追《お》い求《もと》めた旅《たび》で、さまざまな体験《たいけん》を得《え》たように、みなさんも思《おも》いがけないすばらしい世界《せかい》にめぐりあえて、心《こころ》をゆたかにするにちがいありません。

「講談社《こうだんしゃ》 青《あお》い鳥文庫《とりぶんこ》」は、七十年《ねん》の歴史《れきし》を持《も》つ講談社《こうだんしゃ》が、一人《ひとり》でも多《おお》くの人《ひと》のために、すぐれた作品《さくひん》をよりすぐり、安《やす》い定価《ていか》でおおくりする本《ほん》の森《もり》です。その一さつ一さつが、みなさんにとって、青《あお》い鳥《とり》であることをいのって出版《しゅっぱん》していきます。この森《もり》が美《うつく》しいみどりの葉《は》をしげらせ、あざやかな花《はな》を開《ひら》き、明日《あす》をになうみなさんの心《こころ》のふるさととして、大《おお》きく育《そだ》つよう、応援《おうえん》を願《ねが》っています。

昭和《しょうわ》五十五年《ねん》十一月《がつ》

講談社